タクミくんシリーズ

恋のカケラ

―夏の残像《シーン》・4―

ごとうしのぶ

14944

角川ルビー文庫

恋のカケラ

夏の残像《シーン》・4

CONTENTS

口絵・本文イラスト／おおや和美

恋のカケラ

「ギ、ギイ先輩たちも、揃ってどなたかのお見舞いっすか？」

恐縮モード全開で真行寺《しんぎょうじ》が訊く。

八人乗りのかなり大きなワゴン車だが、大の高校生三人がひとつのシートに座っていると、さすがに窮屈さは否めずに、

「見舞いじゃないよ」

まだ状況がわからずにいるギイは、予期せぬ闖入者《ちんにゅう》である真行寺を観察するように眺めていたが、いきなり真行寺の二の腕を摑《つか》んで手前にぐいと強く引くなり、「もう少しこっちに詰めろ、真行寺」

心なし不機嫌そうに言い放った。

「へ？　あ、はい！」

真行寺は腰を浮かせてギイの方へ寄るが、正しく美意識のある人間ならば少なからず同じ反

応をすると思うのだが、祠堂《しどう》きっての美男子にほぼぴったり寄り添うような距離に座らされたら、恋心がなくともドギマギするのは仕方あるまい。

学校生活の中ならば、ただの先輩後輩としてはまずありえない、この近さ。

キレイ過ぎてオッカナイ、とか、チカヨリガタイ、とか、前にギイに対してそのような類《たぐ》いの感想を述べていたような気がするなあ、真行寺。

ので、真行寺は言われるまま素直に移動したものの、どうにも落ち着かない風情である。

しかもこの状況、仮に真行寺にギイに対する下心があったとしたならば、こんなに近くに引き寄せられたということは、てっきり相手も自分を好きなのかと、シアワセな誤解をしそうである。

だが、幸か不幸か真行寺は、正しい美意識とともに、正しい判断能力も兼ね備えていて、ハッとぼくを見ると、

「す、すんません、狭かったっすか、葉山《はやま》サン」

謝るが、

「別に狭くなかったよ、大丈夫だよ、真行寺くん」

笑ってしまう。

ギイの狙いは、真行寺のポイントとはちょっとだけ違う。が、ほとんど正解だ。

思わず引き寄せてしまうくらい、ギイは、ぼくに真行寺が近いのが、どうにも許せなかったのであった。

夏休みになってから浮かれがちと自己反省しているギイ。それはおそらくぼくもだけれど、学校でのポーカーフェイスが別人のようで、簡単に感情が顔に出る。おかげで、鈍いぼくにもまるわかりだ。

とはいえさすがに引き寄せ過ぎで、ギイと真行寺は密着してるが、ぼくと真行寺の間には十センチほどの隙間《すきま》ができていた。

「でもそんなにそっちに寄ると、ギイと真行寺くんが窮屈じゃない？　もうちょっとこっちでも、全然いいのに」

「あ、そうっすか？　じゃ――」

戻りかけた真行寺の腕が、またぐいと引かれた。

「で？　真行寺のどこがオレたちへの土産なんだ、託生《たくみ》？」

手前に引き寄せたまま、ギイが真行寺の顔越しにぼくに訊《き》く。

不機嫌そうな表情は敢《あ》えて無視して、

「そう、それなんだけど」

ぼくは手短に、コンビニでの真行寺とのやりとりを説明した。

説明の途中から案の定、ギイと章三《しょうぞう》の瞳の輝くこと輝くこと。ギイ、さっきまでの不機嫌さなどどこへやら、だ。

「どれ、どんな地図だ真行寺？」

ギイの問いに、

「や、でも、アラタさんに無断でこれ以上見せられないっすから」

真行寺が慌てて首を横に振る。

「なんだ、ケチくさいな」

からかうギイへ、

「す、すんません！」

真行寺は長身の体をちいさくして、俯《うつむ》いた。

相手が後輩なのでこの程度の追及で済んでいるが、仮に相手が章三だったならば、託生に見せてオレには見せられないとはナニゴトだ。と、容赦なく食ってかかることであろう。

後輩で良かったね、真行寺くん。

「……でも、アラタさんだってホントは気になってると思うんすよ。なんたって母方のおばあちゃんのミヨさんの、大事な思い出の宝の地図なんすから。なのにアラタさんてば、マジで帰る気マンマンで」

はああと思い出し溜《た》め息を吐いた真行寺に、

「それは当然だろ？」

冷静な突っ込みを入れたのは、後ろのシート、最後部の三列目にひとりでのびのび座っている、赤池《あかいけ》章三である。「明日が予備校の模試なのに、いつまでもこんな所に足止め食らってたらそりゃ三洲《みす》でなくとも苛々するだろ」

「や、でも赤池先輩、普通の模試っすよ？　どんなに大事ったって、受験生全部の志望校別なんとかの順位が出るのじゃないんすよ？」

狭い空間で顔だけ後ろへ振り返り、懸命に章三へ説明している真行寺に、

「鈍いなあ真行寺」

ギイが突っ込む。「大事なのは模試の規模じゃなくて、三洲が明日の模試を重要視してるってことだろ？　他人からすればさほど価値がなさそうでも当人にとって大事なことなら、そりゃ、尊重すべきだろ」

「う。……そ、そうっすか？」

言葉に詰まった真行寺は、次第に視線を下へ落とすと、「うわ、マジそうかもしれないっすね」

ギイの意見に納得したとたん、やばい。と、横顔に書いた。

「俺、またポイント下げたかも……」

どこまでも素直な真行寺兼満《かねみつ》。

屈折率無限大の三洲新《あらた》とは、ある意味、最高の組み合わせであろう。

「だからって、そんなに落ち込まなくても大丈夫だよ、真行寺くん」

それで嫌われるとは、とても思えない。「それにしても、真行寺くんもどちらかといえばお祭り男だものねえ、楽しそうなものについつい惹《ひ》かれちゃうんだよねえ」

ぼくは、わざとらしくギイと章三を眺めながら、言ってやった。

「反して三洲は踊らないからなあ」

ギイが言う。ぼくのイヤミに気づかぬ振りで。

どんなに乗り気でなくとも場の空気を壊すような真似はしないが、一見楽しんでいるように笑顔で振る舞ってもいるが、その実どこまでも冷静な三洲新。同室となって数カ月、少しずつではあるがぼくにも彼の猫かぶりがわかるようになってきた。――主に真行寺のおかげで。

何事もそつなくこなし、人当たりの良さと柔和な表情とで、フレンドリーな印象を与える三洲だが、真行寺がかかわると豹変《ひょうへん》する。当事者でないぼくたちでさえが気の毒になるくらいの辛辣《しんらつ》さで、三洲は真行寺に接するのだ。

でもだからこそ、素のままの自分でいられるからこそ、三洲曰《いわ》く、

『俺たちは恋人同士なんかじゃない』

のだとしても、三洲は真行寺と一緒に（楽しい観光旅行ではなく、三洲の祖母の見舞いに来ただけ、らしいのだが）伊豆《いず》へ来ることができるのだろう。長い時間、一緒にいられるのに違いない。

「ああ、確かに何につけても踊らないよな、三洲は」

章三が相槌《あいづち》を打つ。「積極的にいろんなことに参加はしてくれるが、だからといって熱中しているようにも見えないし。三洲が感情に任せて動くところなんて、あれだ、あの時の一度くらいしか、お目にかかったことないもんな」

ニヤリと笑って、章三が真行寺を見た。

ああ、あれか。

『待てよ真行寺！——お前は俺の所有物だろ。なのにどうして、言うことを聞かない』

周囲の人々を一瞬にして凍らせてしまった、三洲の爆弾発言。

よしんばふたりが恋人同士でないとしても、真行寺は充分、三洲に愛されているとぼくは思うのだがいかんせん、どうしてか真行寺はいつだって自信なさげだ。

体調を崩した三洲へ見舞いに来なかったように、相楽《さがら》先輩を押しのけて三洲を介抱しなかったように、基本、元気溌剌《はつらつ》な好青年なのに、三洲を相手にすると何歩でも後ろへ下がってしまう。——好きだからこそ。

「それにしても、帰りたがる三洲くんに、真行寺くんにしてはよく食い下がったよね」

だからぼくだけは褒めてあげよう。頑張る真行寺、応援したくなるのは人情だろう。「おかげでこうして会えたし」

言うと真行寺は照れたように、えへへと笑った。

「その地図、私にも見せてもらえるのかな」

交差点の赤信号で車が止まったタイミングで、運転している京古野《みやこの》さんがきさくに話しかけてきた。

九鬼島《くきじま》を出る前に、今夜の演目である朗読劇『ブレーメンの音楽隊』のリハーサルを済ませたぼくたちは、朗読部分は劇団の人が担当でさすがに島まで来ていただくわけにはいかないので、リハーサルは音楽部分だけであったのだが、そこから諸々の荷物を抱え、京古野家所有のボートで九鬼島を離れ、京古野家とは係留の協力関係であるところの井上《いのうえ》家の別荘の船着き場へ移動し、井上家のご厚意で提供していただいたこの八人乗りのワゴン車で、演奏場所であるサニーハウスへ向かっている最中であった。

車と一緒に運転手もお貸ししましょうか？　との井上家の申し出に、——あいにくと佐智《さち》さんは二日後に迫ったサロンコンサートの準備で別荘には不在で、聖矢《せいや》さんもどこかへ出掛けているとかで留守だった。なので、せっかく、ぼくにとっては念願の井上家を訪ねる機会だったのにもかかわらず、応対は別荘の使用人であるおじさんで、ふたりには会えずじまいなのであった。——別荘からサニーハウスまでの車で十五分ほどしかかからない短かい距離とはいえ、そこまでお世話になるわけにはと辞退した京古野さんが現在ハンドルを握っているのだが、いくらぼくたちの誰も運転免許を持っていないとはいえ（あ、ギイに関しては不明だが）、世界的なピアニストにドライバーをさせているぼくたちは、冷静に考えるととんでもないような、気がする。

加えて、今頃気づくのもなんだけれど、佐智さんに大木《おおき》さんというマネージャーがいるのだから、京古野さんにもマネージャーのひとりやふたり、いてもおかしくないと思うのだが、この数日のつきあいでわかったが、彼は大変手際の良い人なので誰かに頼むより自分でやってしまった方が遥《はるか》に早そうな感じなのだが、とはいえ指が命のピアニストなのだから、運転とかって、もしかしたらあまりしない方が良いのではあるまいか？　況《ま》して、荷物の積み降ろしなんて、以《もっ》ての外《ほか》ではあるまいか？　——既に、ボートへの積み降ろしにトランクへの積み込みと、京古野さん主体でやっちゃったけど。

あ、そういうぼくも、バイオリンを弾くくせに、指の扱いには無頓着《むとんちゃく》だ。

まずいかな。

今更だけど、まずいような、気がしてきた。

「や、あの、アラタさんに確認しないとわかんないっす、すみません」

突然京古野さんに話しかけられて、真行寺がまたしても緊張する。

「ではそのアラタさんが許してくれたら、拝見しても良いのかな？」

「あ、や、はい、多分、てか、俺としては、見ていただいちゃって全然オッケーなんすけど、むしろ積極的に見ていただきたいくらいなんすけど、でもって、俺たちにも島の上陸許可とかいただけちゃったらすごい嬉《うれ》しいんすけど、あの、図々しくてすみません……」

真行寺が尻《しり》すぼみにぼそぼそ応《こた》えていると、

「お、サニーハウスが見えてきた」

ギイが窓の外、丘の上の方を見上げて言った。そして、「真行寺、ほら、三洲に電話」と、促す。

「は？　へ？」

「あそこに着いたらオレたち、何かと忙しいんだよ。もう時間がないから、今、電話で三洲に許可取って、ここで地図のコピー見せてくれないか」

「あっ、はい！」

真行寺は機敏に頷いて、ケータイを取り出すと、三洲の番号を探す。

たかが電話をかけるだけなのに、反射的に居住まいを正した真行寺に（なにせ相手が三洲なので）つられるように、つい、息をひそめてしまうぼくたち。

「もしもし？　あ、アラタさん？　もう着きますけど、えと、はい、——え？」

真行寺がぎょっと、目を見開いた。「今、バス停？　ええーっ、俺を置き去りにする気っすかー？　ばーばの宝探しはどうするっすか？　せっかく、偶然ギイ先輩たちと会えたのに」

真行寺がギイの名前を出したとたん、電話の向こうが押し黙った。

直後。

ぷつっ。ぷーっ。ぷーっ。

真行寺は情けなさを顔中いっぱいにして、ケータイをぱたんと閉じた。

「すんません、ギイ先輩」

さすがのギイも、有無を言わさぬ三洲の通話の切りっぷりに、苦笑が隠せない。

「いいよ」

「本題に辿《たど》り着けませんでした……」

「いいって。真行寺のせいじゃない」

「なにギイ、三洲に嫌われてるのか？」

面白そうに章三が訊く。

ギイは軽く肩を竦めて、「三洲の許可が取れなくとも、本来の持ち主である出木《でぎ》ミヨさんに了解が取れればいいわけだから、真行寺、三洲に先に帰られても問題ないよな?」

「なくないっすよ、全然なくないっすよ、ギイ先輩」

真行寺は半泣きで、窓の外、サニーハウスの正門あたりを拝むように見る。

エントランスに路線バスの影があったならば、真行寺はダッシュで車を降りてバスに駆け寄るのであろう。

だが幸い、エントランスにはバスどころか乗用車の一台もなく、バス停に不機嫌さまるだしの表情をした三洲がひとり、立っていた。

「アラタさん!」

見知らぬワゴン車から飛び降りてきた真行寺に驚いた三洲は、その後に続いたぼくたちを見て、

「何事だ?」

冷ややかに、真行寺に訊いた。

斯々然々《かくかくしかじか》で、と説明した真行寺を無視して、

「それにしても、どこにでも出没するな、崎《さき》」

小馬鹿にしたように、三洲が言う。

「そんなに頻繁に出没してるか、オレ？」

こっそり尋ねるギイに、

「――さあ？」

ぼくは正直に首を捻《ひね》った。

三洲には申し訳ないが、そのような印象はぼくにはない。

のだが、もしかしたら、つまり、三洲にとってギイはそれだけ印象的な相手、ということなのではあるまいか。

「アラタさん、せっかくのチャンスなのに、それでも帰っちゃうんすか？　ギイ先輩たち、あの九鬼島から来たっすよ？　しかも地図のこと、詳しいっすよ？」

「だから、そんなに気になるなら、お前は残って調べればいいだろ。俺は次のバスで帰る」

「ええーっ」

「俺はお前ほど暇じゃないんだよ、真行寺」

「せっかくコピーも取ったのにー」

「そのコピーを取るのに、いったいどれだけ時間をかけたんだ？　どれだけ俺を待たせたと思う」

「すんません、アラタさん。これでも急いだんすけど」

「コピーはお前にやるから、それ持って、九鬼島だろうとどこだろうと、勝手に行けば良いだろ」

「えええーっ。そんな冷たいこと、言わないでくださいよ、アラタさん」

真行寺はぼくの顔を見ると、「葉山サン、助けてくださいー」

「と、言われても……」

三洲が次のバスで帰るのは諸事情からして仕方ないとしても、真行寺としてはどうなんだろう？　謎解きを優先したいのか、それとも、三洲と一緒にいたいのか。

「真行寺、祖母に地図、ちゃんと返しておけよ」

三洲に命令されて、真行寺の腹が決まったようだった。

「わかりました、急いで返しに行ってきますから、アラタさん、ここで待っててください」

「この上、まだ待たせる気なのか？」

「俺、俺も帰ります。だから——」

捨てられかけた小犬のような心もとなげな表情の真行寺に、

「……二分以内」

三洲が言った。

とたん、ダッシュする真行寺。

現役運動部ならではの俊足はさすがだが、

「でも、いくらなんでも二分以内って、三洲くん」

ぼくが呟《つぶや》くと、

「まあ、無理だな。祖母の部屋、七階だし」

「甘えが過ぎる気がするなあ」

ぼそっと続けたぼくに、三洲がぼくをちらりと見た。

「あ、ごめん」

反射的に謝ったものの、ぼくとしては、ソボクな正直な感想である。

自覚があるかないのかはわからないけれど、三洲の無茶な発言は、所有物だからというよりも、真行寺に甘えて、愛情を確かめているように、ぼくには見えるのだ。

二分とはいかなかったが、ものの数分で走って戻って来た真行寺は、まだバス停にぼくたちがいることにあからさまにホッとして、

「そしたらアラタさん、コピー、俺の自由にしていいなら、これ、葉山サンに渡してもいいっすか？」

切れ切れの呼吸を整えながら訊いた。

「祖母は何と言ってた? 聞いたんだろ?」

「か、かまわないって、おっしゃってま、した」

「ならいいよ。どのみちそれは、俺のじゃない」

「あ、じゃ、これ、葉山サン」

真行寺が本日初めて見るすがすがしい笑顔で、ぼくに三つ折りのコピーをよこす。

「ありがとう、真行寺くん」

コピーを受け取り、「早速明日、確かめてみるから、そしたら電話するね」

三洲へ言うと、

「誰にだ、葉山」

冷ややかに、三洲が訊き返した。「俺に知らされても、対応はできないぞ」

「え? でも――」

筋としては、三洲に、なのでは?

「じゃ、じゃ、俺に電話ください、葉山サン」

真行寺が嬉しそうにポケットからケータイを取り出し、「俺の番号、教えますー」

二つ折りをひらくと、

「おい真行寺、葉山に訊いて、それで俺に回す気か?」

またしても冷ややかに、三洲が訊く。

「あ、はい!」

元気に頷く真行寺へ、

「それはそれで迷惑だな」

ぽつりと呟いた三洲は、「葉山、明日の夜、俺がかける。番号は?」

「え? ぼくのケータイ?」

「持ってるんだろ?」

「うん、ちょっと待って。暗記してないから、見ないとわかんない」

そんなこんなを話していたら、いつの間にか、ギイと章三の姿がなかった。

振り返ると、彼らは京古野さんや迎えに来た劇のスタッフの人達と共に、エントランスに横付けしたワゴン車から荷物を降ろす作業をしていた。

やばい。ぼくもやらないと。

ふと、

「――なんだ、あれ」

三洲が怪訝《けげん》げに訊く。

「あー、あれはですね、その……」

運ばれて行く、もさもさしたもの。

「うわ。あれってもしかして、着ぐるみっすか?」

真行寺の目が釘付《くぎづ》けだ。

「もしかして、ブレーメン?」

勘の良い三洲。

「ブレーメンって、夕方からやる劇のっすか?」

「はあ、まあ」

「なあ葉山、あの着ぐるみ、誰が着るんだ?」

勘の良い三洲、

「えーっと、ですね……」

ピンチ、かも。


「ぶっ」

遠慮なく、三洲が吹き出した。

「帰るんじゃなかったのか、三洲」

その、こちらに一切の気配りのない潔い吹き出しっぷりに、章三が仁王立ちで腕を組む。

帰ってもらって、全然かまわなかったのに！

「——おいギイ」

低く呟き、だが章三はちらりともギイを見ずに、体を二つに折ってくくと低く笑い続ける三洲へ目を向けたまま、「どうしてくれる、僕の威厳を」

「高校時代の良い記念と思って、ここはひとつ」

にこやかに親指を立てたギイへ、

「なるか」

吐き捨てるように言うと、「リオ市民のギイじゃあるまいし」

ぼそっと付け加える。——正しくはギイはニューヨーク市民であってリオ市民ではないのだが、そういう意味ではなく。

過日、ブレーメンの動物たちに合わせてぼくたちに用意されたのは、なんと、それぞれの着ぐるみであった。しかもまったくの着ぐるみではなく、顔の部分がくりぬかれている顔出しの着ぐるみ。でないと演奏がしにくいのだが、なので両手もバイオリン担当のぼくとアコーディオン担当の京古野さんは素手なのだが、いくらどこの場所もエアコンがガンガンに効いているとはいえ、この真夏の暑い盛りに、全身長毛のふわっふわ。

着ぐるみを見て、目を輝かせたのは雅彦《まさひこ》さん。それはまあ、なんとなくそんな感じかと思うのだが、

「お、やり！」

と喜んだのは、ギイである。

いや、花も恥じらう(?)高校生男子としては、ここは引くべきなのでは？　と、突っ込もうとしたのだが、

「小学校での全身タイツ以来だ！　ひゃー、いいなあ」

ギイのセリフに突っ込みが引っ込んだ。

小学校での全身タイツ？

「それ、学芸会とか？」

「そうそう、サルをやったんだ。うっきー、てさ」

……超美少年のサルって、どんなだったんだろう？

サルといえば滑稽《こっけい》さの象徴だが、ギイがやったんじゃ笑いを取るどころか、あまりの可愛さに、却《かえ》って評判になったりしないか？

全身タイツを着たことがある大富豪の御曹司。――ギイってホント、奥が深い。

「うっきーでもやっきーでも、やりたきゃギイだけやっとけよ！」

憤怒した章三に激昂《げきこう》されて、以降、章三はずーっと御機嫌ナナメなのであった。なので、ワゴン車の中でもギイとぐずぐず揉《も》めていたのだ。真行寺が乗り込むまで。

同じお祭り男でも、章三くんは、リオ市民系(?)ではないらしい。

サニーハウスで本日のために用意していただいた控え室。もうじき本番というタイミングで狙ったように現れた三洲は、

「よもやこんな所で、赤池のコスプレが見られるとは」

実に楽しそうであった。

章三がどんなにきつく睨《にら》みつけたところで、犬の扮装をしていては、やっぱり可愛くなってしまう。

「ダルメシアンの赤池なんて、そうそう拝めないものな。写メ撮っていいだろ?」

「殺されたいのか、三洲」

「葉山のはドラ猫?」

「え? これ? アメリカンショートヘアだって」

「そんなに厳密なものか」

ふてくされ気味に章三が言う。

「面白いなあ赤池。学校でもそれくらい、弾《はじ》けてればいいのに」

「冗談じゃない」

「崎のそれは、なんだい？　ロバ？」

「トナカイらしい」

「赤鼻のトナカイのトナカイ？　ブレーメンの音楽隊にトナカイなんていたっけか？」

「ジングル担当だからららしいぜ」

「ジングルって？」

「場面チェンジの合図のこと」

「へえ、じゃもしかして、ジングルとジングルベルをかけたのかい？」

「らしいな」

「ベタだね」

「だよなー」

微妙に険悪（？）な関係なのに、なんだかだで楽しそうだよ、ギイと三洲。

「でもついでだから、鼻を赤くしてみた。そしたらオレだけクリスマスになっちまった」

「真夏にクリスマスか。季節外れもいいところだな」

——あれ？

もしかして、ぼくの記憶違いでないのなら、ふたりが直接会話しているところを、ぼくは初めて目の当たりにしているのか？

うわ、そうかも。

限りなく、初めてかも。

ぼくの視界に彼らが同時に入っていることはあっても、ギイと三洲がふたりで話をしている場面というのを、ぼくは今まで見たことがない、ような気がする。

珍しい光景。

これもまた、夏休みのイレギュラーゆえの産物か？

「それはそれで面白いだろ？」

「まあね」

校内だと、さりげなく三洲がギイを避けてる印象だったのだ。ギイも進んで三洲に近づいたりはしなかったし、けれど、いざしゃべるとなると、なんだか普通にしゃべってる。

「真夏のクリスマス、オーストラリアっぽいしさ」

「ここ、日本だけど？」

「海、近いし」

「室内だけどな」

入学してからお互いに一度も話したことがない、わけではないだろうが、三洲に嫌われているらしいとギイは以前、ぼくに言ったが、三洲のギイに対する感情は、普通の嫌い、ともなんだか異なる印象がある。

もう少し、複雑そうな、印象がある。

「三洲も何か着る？　まだ衣装、余ってるぜ」

「はあ？」

「あっギイ先輩、俺、着たいっす！」

真行寺がはい！　と手を挙げた。

「そりゃいいな。みんなで着れば怖くないって」

章三が不敵に笑う。

「よせ！　関係ないだろ俺たちは！」

「真行寺はその気だぜ」

「やめろ、脱がすなよ」

「シャツはともかく、靴は脱がないと」

「真行寺、ふたりを止めろ！」

「はい、真行寺くん。これ、うさぎ」

「すっげ、かわいー。アラタさんに？」

「うん、渡してあげて」

「了解っすー」

「あ、真行寺くん、クマやる？」

「やりますやります！　ひゃっほー」

「おいこら真行寺！　聞こえないのか、ふたりを止めろ‼」


「みんな、あっくんの学校のおともだちなの？　まあまあ」

嬉しそうに表情をほころばせた三洲の母方の祖母である出木ミヨさんは、真行寺の触れ込みどおり、八千草薫《やちぐさかおる》に似た穏やかでおっとりした雰囲気の美人であった。

朗読劇が終わったと同時に瞬時に私服に着替えた三洲は、汗だくで、頬を赤く上気させながら（その火照《ほて》った横顔を見てそわそわどぎまぎしている真行寺をきれいに無視して）、

「彼が寮の同室の葉山託生くん。それから、崎義一《ぎいち》くんと、赤池章三くん」

控え室を訪ねてくれたミヨさんに、まだ着ぐるみのままのぼくたちを紹介してくれた。

「それと、俺もさっき紹介されたばかりでほとんど又聞き状態なんだけど、こちらが現在の九鬼島の持ち主で島に住んでらっしゃる、ピアニストの京古野耀《あきら》さん」

「初めまして、京古野です」

「初めまして。出木ミヨと申します」

「それから、同じく九鬼島に住んでらっしゃるフルーティストの乙骨《おっこつ》雅彦さん」

紹介されて、雅彦さんが深々と頭を下げた。

ギイ曰く、これはただの条件反射であって挨拶《あいさつ》のうちに入らない、らしいが。——それにしても、何度見ても随分と丁寧な条件反射だ。

「……京古野さんと、乙骨さん」

ミヨさんはゆっくりと名前を反芻《はんすう》すると、「この度は楽しい劇をありがとうございました。よもや孫まで飛び入りしているとは驚きましたが、おかげで思い出に残る良いものを観せていただきました」

「いやいや、彼らに関しては、私は別に」

苦笑する京古野さんに、ギイがこっそりぼくへ笑いかける。

「たまにはいいよな、無礼講も」

いいけど、やっちゃってから心配するのもナンだけれど、大丈夫かな。——三洲の場合、何倍返しくらいになるのだろうか？

想像するだに、おっかない。

「でもぼく、ふるーてぃすとじゃないんだけどな……」

京古野さんの陰で、ぽつりと雅彦さんが呟いた。

あれ？　雅彦さんにとっては、そういう認識？

ぼくはとても意外だった。京古野さんと一緒に音楽活動をしていると聞いていたからか、てっきり彼は、学生でありながらもフルーティストのポジションにあるものだとばかり思っていた。

でも、そうか、すごく人見知りが激しいから、知ってる人たちの前でならともかく、演奏会ではなかなか実力どおりの演奏が披露できなくてどうのこうのって、ギイ、説明してくれたよな。それを克服させるために、明後日の、佐智さん主催のサロンコンサートに雅彦さんを参加させることにしたとかどうとか。

だとしたら、さっきのブレーメンは、雅彦さん的には演奏会の範疇《はんちゅう》には入らないということか？　特に上がった様子もなく、むしろ楽しそうにぼくたちと一緒にラッパを吹き鳴らしていた。

ところで。

すごく真面目に挨拶を交わしていたぼくたちだが、三洲以外は着ぐるみのままなのだ。にもかかわらず、ミヨさんがおかしそうにしていないのは、もしかしたら、二枚目のロバと超美形のトナカイ、どう転んでもカッコイイ、あの二匹のせいかもしれない。

しかも、枯れ木も山の賑《にぎ》わいよろしく、ブレーメンに関係ない動物でマラカス片手に出演したクマの真行寺もなにげにカッコイイし、章三も、犬を被っていようとも、実は見た目は悪くない。

む。

ニワトリのトサカをつけていても、雅彦さんはなんだか愛らしいし、三洲のうさぎも、さっさと脱ぎ捨てられてしまったものの、かなり、もにょもにょ。

「祠堂って、入学の基準にルックスの項目があるの？」

劇が始まる前に三洲と真行寺を紹介した時、京古野さんに真顔でこっそり質問されてしまったが、まあ、つまりはそんな感じである。

祠堂の入試にルックス審査などないけれど、ぼくの漠然とした印象だと、ギイがそういう人を招くのだと思う。残念ながらぼくは例外だけれども、ギイの周りにいる人たちは、生活レベルだけでなくなんだか皆、外見レベルが高いのだ。

と、尋ねた当の京古野さんも、むろん雅彦さんも例外ではなく。

「ホントにぼくって、全体的に庶民だよな」

どこもかしこも。

まあ、いいけどね。

ひとりくらい庶民が交じっていた方が、バランス取れるかもしれないし。

「失礼ですが出木さんは、旧姓は何とおっしゃるんですか？」

京古野さんが質問する。

「旧姓ですか？」

不思議そうに、ミヨさんが訊き返した。

「あ、すみません、もしかして、以前にどこかでお会いしたことがあるような気がしたものですから」

京古野さんは柔らかく微笑んだが、

「もしどこかでお会いしていたとしても、私はこんなにおばあちゃんですもの、その時にはもう出木の姓を名乗っていたと思いますよ」

ミヨさんは優しく応えて、ふと、「あっくん、電車の時間は大丈夫？　明日、大事な試験なのよね？」

その一言で、ぼくたち（祠堂学生）全員がどきっとした。

無理矢理『着ぐるみ隊』に三洲を巻き込んでしまったが、きっかけを作ったのは三洲の自業自得（？）としても、さすがに急いで帰さないとやばいんじゃないか。

「ばーば、また来ます」

素早い三洲は、さっとデイパックを手に取ると、「失礼します」

ぼくたちへ一礼して、控え室を飛び出して行く。

「えっ？　アラタさん？」

まだ着ぐるみを着たままの真行寺は、完全に取り残されてしまった。「がーん……」

「でもこの時間って、丁度良いバス、あるのかな？　飛び出して行っても、駅まで行けなきゃ電車に乗れないよね」

ぼくのふとした疑問に、

「土曜日のこの時間には、夜の面会の人たちの帰宅用に、バスの本数が増えるだけでなく、タクシーもたくさん来てるから、丁度良いバスがなくてもタクシーで駅まで行けるんじゃないかしら」

ミヨさんが応えてくれた。

真行寺が、みるみるがくりと肩を落とす。

「マジで置いてけぼりだ……」

「ならいっそ、九鬼島に来るってのは、真行寺？」

ギイが言う。

「──へ？」

　真行寺がきょとんと、ギイを見た。

「ミヨさんの代理で、明日の宝探し、真行寺が参加すればいいんじゃないか？」

「え、でも、ギイ先輩？」

「どうでしょう、京古野さん？」

　ギイが訊くと、

「もちろん、かまわないよ。泊まれる部屋はまだまだあるしね」

　京古野さんはふたつ返事で頷いて、「さすがに出木さんは、いきなりの外泊はむずかしいですよね？」

「そうですね、外泊の許可を取るにはいろいろ面倒で」

「外出は、どうなんですか？」

　京古野さんの質問に、

「昼間の数時間だけならば、無理をしない範囲であれば」

「でしたら、結果次第で、九鬼島に来ていただくのが良いかもしれませんね」

　微笑む京古野さんに、ミヨさんも微笑み、

「ありがとうございます、では、そうさせていただきます」

京古野さんへ、丁寧に頭を下げた。

それでも未練がましく大急ぎで着替えてエントランスへ走って行った真行寺だが、

「……いないー」

深く項垂《うなだ》れた。

「ま、諦《あきら》めろって真行寺」

ぽんぽんと章三に肩を叩《たた》かれ、

「真行寺くんはいきなり外泊でも、家の方、大丈夫なのかい？」

ぼくの問いに、

「家に電話しまっす……」

涙目ながら、真行寺の返答は前向きだ。

「本当に三洲には虐《しいた》げられてるな、真行寺、気の毒に」

章三は本気で同情したのだが、

「それ、あ、あんまりっすよ、赤池先輩」

真行寺にはその慰めは逆効果であった。

「ね、ねえたくみくん、あのひと、島へくるんだ？」

ぼくのシャツの裾《すそ》をちいさく引いて、心細げに雅彦さんが訊く。

「真行寺くんですか？」

「うん」

「あっ、すみません、もしかして、嫌でしたか？」

「ううん、そうじゃなくて」

「後でちゃんと挨拶させますから、彼とも仲良くしてあげてください」

「えと、あのひとも、祠堂のひと？」

「そうです、真行寺くんは二年生で、ぼくたちの後輩で乙骨くんの先輩になります」

「ヨリちゃんの先輩？」

訊きながら、雅彦さんの表情が僅《わず》かに曇った。「しんぎょうじくんは、ヨリちゃんとは、なかよしかな？」

「さあ、それはわからないです。そういう話、したことないんで」

「……なかよしじゃ、ないかもなんだ」

言いながら、雅彦さんが徐々に俯く。

一昨日の早朝に都内の自宅へ戻ったきり、乙骨寄彦《よりひこ》からは電話の一本もかかってこない、らしい。

「あさって、もう本番なのにな……」

「佐智さんのサロンコンサート、乙骨くんが聴きに来てくれるの、雅彦さん、楽しみにしてるんでしたよね」

「うん」

「せっかく、どっぷらー、吹くのに」

乙骨寄彦が大のお気に入りだという、その曲。

昨日、ちょっとだけ京古野さんとの練習を聴かせてもらったのだが、雅彦さんの吹くドップラーの『ハンガリー田園幻想曲』たるや、オソロシイほど魅惑的である。

本人はこんなにあどけないのに、彼の作り出す音楽は、ひどく大人びてなまめかしい。

雅彦さんの演奏だからお気に入りなのか、曲としてお気に入りなのかはわからないが、しかも乙骨のために雅彦さんがドップラーを選曲したのだというのだから、乙骨としては、なにがなんでもサロンコンサートへ聴きにきたいのではあるまいか。

それなのに。

「ホノカさんも、かえってこないし」

「そうですね」

仕事で急用ができたとかで、乙骨寄彦の帰宅に便乗するように、東京へ出掛けて行った穂乃《ほの》香《か》さん。やはりサロンコンサートまでには戻ってくると雅彦さんへは約束していたらしいのだが、彼女とは携帯電話で何度か話しているようなのだが、なかなかうまく用事が片付かないらしく、未《いま》だに島へは戻ってきていない。

「乙骨くんの様子、ギイに頼んで、探ってもらいましょうか？」

「……うん。でもぎいちくん、あんまりヨリちゃんと、なかよくないよね」

「あー……、まあ、そうですけど」

諍《いさか》いがあるわけではないのだが、別段親しくもなさそうな、ふたり。

「なかよくないのに、でんわしてもわかるかなあ」

「それはまあ、わかったりわからなかったりするとは思うんですけど……」

直接彼に電話して様子を探るという意味ではないのだが、いや、そういうことを言いたいんではなく、じゃなくて、「そうだ。乙骨くん、もしかしたら明日あたり、ひょっこり戻って来るかもしれませんよ？　なんたって、サロンコンサート前日だし」

ぼくはただ、雅彦さんを励ましたいのであった。

「そうかなあ」

だが雅彦さんは、眼差《まなざ》しを心配そうに曇らせたままだった。

——かなり、厄介なことになってるらしい。

乙骨寄彦が自宅へ戻った日に、スパイ並みに情報通のギイがぼくへ言った。

でも、雅彦さんには内緒だからな。何も言うなよ。

と、口止めもされた。

祠堂での『ギイ争奪戦』にまるきり関心を持てないくらい、雅彦さんばかりが気掛かりだった様子の乙骨寄彦が、九鬼島から雅彦さんを連れ戻す志半ばで、あっさり自宅へ帰って行ったのも驚きだったが（帰るついでに無理矢理雅彦さんを連れてゆく手がなかったわけでもないのに、そうすることもなく）、電話すらないなんて。

「なんど家にでんわしてもいないっていわれるし、けいたいも、でないし……」

「そんなに心配しなくても大丈夫ですよ。雅彦さんには頼もしい味方の京古野さんも、ギイもついてますから」

「みかた？」

「頼りないですけど、何かあったらぼくも力になりますから」

「……みかた」

雅彦さんは、口の中で不安げにちいさく繰り返して、「ヨリちゃん、いま、なにしてるんだろ……」

星の瞬きの美しい、真夏の夜空を見上げた。

「えっ、俺、赤池先輩と同室っすか？」

またしても顔に緊張と書いて、真行寺が背筋をぴんと伸ばした。

京古野邸へ戻ってから、皆で遅めの夕食を摂《と》っている最中、

「もちろん他の部屋でもいいんだけれどね、初めての場所でいきなりの宿泊だから、ひとり部屋だと勝手もわからず、心細くないかと思うんだが？」

京古野さんが反対に訊いた。

「心細いは心細いんすけど、その……」

真行寺は上目使いにこっそりと章三を見る。

確かに、ワゴン車で向かった豪奢《ごうしゃ》な井上邸にどきどきして（またしても佐智さんたちはそれぞれ不在であった）、ボートで九鬼島へ向かいながらもどきどきして、島に着いて電気自動車でこの古い洋館へ向かう時も、館に入ってからも、真行寺はずっと興味津々さと同時にやや緊張した面持ちで、基本あまり人見知りをしない真行寺ではあるが、とはいえ数ある先輩の中でもあの赤池章三と同室、というのは、さすがにハードルが高いらしい。

「いじめたりしないから、真行寺」

章三がニヤリと笑う。

「や、そんなこと、全然心配してないっす！」

慌てて顔の前で忙《せわ》しなく横に手を振る真行寺に、皆がどっと笑った。

剣道部の精鋭である真行寺なので、合宿などで先輩と同室、という状況がなかったわけではないのだろうが、

「……赤池先輩って、二期連続風紀委員長で一日二回も寮の部屋の掃除をする人なんだよな。俺、だらしないしな……」

訂正。相当、ハードルが高いらしい。

ぼそぼそと悩んでいた真行寺だが、やがて意を決したように顔を上げると、椅子からすっくと立ち上がり、

「わかりました！　すんません赤池先輩、いろいろ粗相するかもしれませんが、お世話になります！　よろしくお願いいたします！」

章三へと、勢いよく頭を下げた。

そのはきはきとした元気の良い姿に、雅彦さんが不思議そうな目を向ける。おそらく、雅彦さんの周囲にはいないタイプなのであろう、真行寺兼満。

「ばりばり体育会系だものな」

クラシック音楽関係者には、真行寺のようなタイプはあまりいそうにない。

真行寺とは真逆の人見知りのカタマリのような雅彦さんと真行寺とは、自己紹介を兼ねた挨拶こそすれまだ一言もまともな会話を交わしてはいないのだが、それでも、雅彦さんは不思議そうに真行寺を眺めているのだが、どうやら、苦手ではないようで、

「たくみくん、あのひと、なんの楽器をするの?」

こっそりぼくに訊いてきた。

「あ、彼は楽器はやらないです」

「さっき、マラカスふったのに?」

先刻の『ブレーメンの音楽隊』で、強制飛び入り参加させた真行寺と三洲へ、ぼくたちはマラカスをひとつずつ持たせ、ギイがトライアングルによるジングルを鳴らしたら、続けてしゃらしゃらと振ってもらったのだが、あれは楽器の演奏とは、呼びがたく、

「マラカス初心者だったんです、ふたりとも」

「たくみくんの後輩なのに?」

「そうなんですけど」

音大生の雅彦さんのまわりには、音楽を学んでいる学生だけでなく、京古野さんだの佐智さ

んだのと超一流の音楽家まで身近にいるので、新たに知り合う人はたいてい音楽をしているのだろうが、それは、雅彦さんにとっては普通のことでも、大変特別な環境である。

どう説明すればするっと理解してもらえるだろうか。真行寺が楽器をやっていないことが、普通のことだと。

あ、そうだ。

「乙骨くんと同じで、彼は楽器はやらないんです」

言うと、

「そっかー、ヨリちゃんとおんなじかあ」

雅彦さんは、ぽんと納得してくれた。

やった。成功。

「しかも、これまた乙骨くんと同じように、真行寺くんも聴くのは好きなんですよ」

ぼくの下手なバイオリン練習をわざわざ聴きにくるくらいに。

「そうなんだー」

雅彦さんは無邪気に笑うと、――邪気のない笑顔に、うっかりぼくはどきりとしてしまったのだが、それはさておき、「ホントにいっしょだねー」

大きく頷く。

「なので、良ければ雅彦さんのフルート、真行寺くんにも聴かせてあげてくださいね」

ぼくが言うと、

「うん、いいよ」

雅彦さんがまた笑った。

笑うと可愛い。

彼は、笑わなくても可愛いが、笑うとなんだか、ちいさな子供のようなのだ。

「今夜はもう遅いからあれですけど、明日の朝食の時は？　オレたちがここに来た時の朝みたいに」

いきなりギイが会話に割り込んできた。

「うん、いいよ」

雅彦さんがはにかんで笑う。「なにを吹こうかな。なにがいいかな」

「朝のあいさつとかは？　なんだっけ、あったよな、そんな曲？　クライスラー、だっけ？」

「朝じゃなくて愛じゃないかな、『愛のあいさつ』。作曲者はエルガー。クライスラーだと、『愛の喜び』とか『愛の悲しみ』とかだよ。よく似てて紛らわしいけど、別だから」

ぼくが訂正すると、

「それ」

ギイが人差し指を立てた。「近い。惜しかったな、オレ」

「そうかな」

惜しいかな、今の。「作曲者すら違うのに?」

「なんだよ託生、タイトルの問題だろ。朝と愛だぜ、ちゃんと、あ、で始まってんだろ」

文句をつけるギイに、

「ぎいちくんて、おもしろい」

雅彦さんがまた笑う。

立て続けの彼の笑顔に、ようやくぼくたちはほっとした。

思わず顔を見合わせたぼくとギイ。

どうやら、ギイの狙いもぼくと同じであったようだ。落ち込んでる雅彦さんの気持ちを、少しでも、浮上させてあげたい。

「おっ先ー」

風呂上がりの、腰にバスタオル一枚姿で、ベッドルームに隣接した風呂場から出て来たギイは、エアコンの効いた室内、気持ち良さそうにベッドへばふんと仰向《あおむ》けに寝転ぶと、ふと、思い出し笑いをする。「それにしても徹底してるな、三洲の奴。真行寺どころか、誰がかけてもケータイ出ないんでやんの」

「うん」

本日分の荷物の整理を済ませ、今夜の着替えをバッグから取り出しながら、ぼくもつい、笑ってしまう。

わざと出てくれないと承知でも、三洲の道中が気になって仕方のなかった真行寺は、サニーハウスからここまで移動している間、何度となく三洲のケータイに電話をしていた。

あまりに真行寺が必死なので、面白がったギイや章三が、それぞれのケータイから三洲へ電話をしてみたのだが、ついでにかけさせられたぼくも含め全員無視されてしまったのだった。

ある意味、予想通りの結果である。

「赤池くんの部屋で、また電話かけてるかな?」

「どうかな。もう、こんな時間だ」

ギイの示す枕元の時計は十一時を過ぎていた。「どんなに乗り継ぎが悪くても、さすがに家に着いてるだろう? そしたらさっさと寝てるんじゃないか、明日模試だし。なのに電話なんかしてみろ、真行寺、またしても三洲の逆鱗《げきりん》に触れるんじゃないか?」

「あ……、もしかして、真行寺くんだけじゃなくて、ぼくたちもとっくに三洲くんの逆鱗に触れてるのかな」

「調子に乗って三洲にコスプレさせたからか？」

「うん」

口が裂けても三洲本人には言えないが、三洲ウサギ、一見の価値ありであった。コスプレ三洲、おそらく、この先一生涯、二度とお目にかかることはないであろう、そのお姿。

「ミヨさんが喜んでたからオッケーじゃねえの？」

ギイが笑う、お気楽に。

「劇が終わってから朗読の人に、こちらは出木ミヨさんのお孫さんです、とかいきなり紹介されて、三洲くん、笑ってたけど笑ってなかったよ？」

「まあな」

ギイは軽く肩を竦《すく》めると、「ところで託生、明日、佐智んとこでサロンコンサートのリハーサルすんのか？」

と訊いた。

「やるらしいんだけど、詳しいことは知らされてないんだ」

「スタートの時間とか？」

「うん」

「へえ。仕切りの良い佐智にしては、なんか、ぬるいな」

今回ぼくは京古野さんに預けられっ放しで、

「佐智さんから連絡ないし、会えないし、なんか、ぼくだけ管轄違いというか、蚊帳の外っぽくて、寂しいんだ」

「こんなことなら、佐智の洋館に泊まってたかった？」

「……それは、……わかんないけど」

ここにいたから、ぼくは自分のバイオリンを見出せた。雅彦さんや京古野さんのおかげで、自分らしさ、を、意識することができたのだ。

向こうにいたら、おそらく決して摑むことはできなかったであろう大切なこと。

わかってはいるが、寂しさも、否定はできない。

「まあ、あれだ、託生が去年に引き続き、だからさ、佐智も託生に関しては、ちょっと安心してるんだろうさ」

「安心って、なに？」

「サロンコンサート、去年と勝手が違うわけじゃないしさ、お前、本番経験者だから、リハーサルするにしてもしないにしても、他の出演者ほど神経質に対応しなくてもいいじゃんか」

「それで、放っておかれてるわけ？」

「放っておかれてるわけじゃないさ」

ギイはおかしそうに笑うと、「だいたいさ、二度目って、なにげに前代未聞なんだぜ。すごいんだぜ」

と言った。

「え？」

すごい？

「二年連続っつーか、連続じゃなくても、あのサロンコンサートに二回も出るの、おそらく、お前が初めてだからな」

「そうなのかい？」

それって、「光栄なこと？　だよね？」

「まあな」

ギイは曖昧《あいまい》に頷いて、「あ、いや、あれ？　どうかなー？　二度も招きたくなるくらい、そこまで佐智に認められてるという点では、確かに光栄といえば光栄だけどな、世間的には、どうかなー？」

「なんだよ」

「だからさ、あのサロンコンサートって、去年も説明したけどさ、参加者としては、井上佐智が用意してくれた、演奏家として立つための、ある意味最高のパトロン探しの場なわけじゃんか。優秀な演奏家なら、一発でパトロンゲットできるだろ？　それが二回連続出演となると、つまりは前回、誰からも相手にされませんでしたと自己申告するようなもの、とも、解釈成立しちまうじゃん」

「ひどいこと言うなあ、ギイ。すごいって褒めたり、貶《けな》したり、どっちだよ」

「ま、それぞれ忌憚《きたん》のない御意見っつーことで」

「わかんないよ、もう」

むくれてしまう。

確かに、去年の演奏の後、別段ぼくは誰からも声を掛けられたりはしなかったのだが、そのことを、気にもしていなかったのだが、

「……もしかして、落ち込むべきだったのかな」

「ま、どっちでもいいんだけどさ」

「どっちでもよくないだろ！　そうか、つまり、誰にも演奏、認めてもらえなかったってことだったんだ」

「そうとも言うし、言わないかもしれないし」

「なんだよその、中途半端な表現は」

「まあ、済んだことだし」

「そうだけど。――よし。今年は頑張ろう」

ひとりくらい、声を掛けてもらえるように。

「なんだ、それ」

ギイが笑う。「頑張って、パトロンみつかったら、その人にバックアップしてもらって、本当に演奏家になるのか？」

すると訊かれて、ぼくは、――返事に詰まった。

見知らぬ誰かに、自分の才能を認めてもらえる。そこまでは、とても嬉しいことだけれど、

「演奏家に……？」

けれど、とてもじゃないが、ぼくには演奏家になる自信はない。

仮に、誰かにぼくのバイオリンの才能を見込まれたとして、けれど、そこにお金を注ぎ込まれるのは、正直言って、おっかない。

期待に応えられるような、注ぎ込まれた金額に見合うような、それほどの才能が、果たしてぼくに、あるのだろうか……。

うっかり俯いてしまったぼくに、

「そもそもお前、既にパトロンいるもんな」

ギイが言った。笑いながら。

「えっ？　どこに？」

ぎくりとして、本気で周囲をきょろきょろしたぼくに、

「おいおい」

ギイも本気で苦笑する。「ここだよ、ここ」

そうでした！

「ストラディバリウスを無料貸与《たいよ》させていただいてる身でありながら、失念してました！　すみません！」

「まったくだ」

ギイはわざとらしくぼくを睨《にら》むと、「しかも、これっぽっちも見返りを求めない、純粋なパトロンだぜ、オレ」

「感謝してます」

身に余るほどの、その厚意に。

「ま、オレの場合は楽器に対するボランティアだし」

「——はい？」

楽器に対するボランティア？　って？

「最初に言ったろ、使ってくれるだけでいいって。オレが持ってても壊しちまうだけだし、オレは託生をプロの演奏家にしたくて投資してる投資家なわけじゃないんだからさ、これからもおかしなプレッシャー感じるなよな」

「……うん」

ありがとう、ギイ。

「それより託生、早く風呂、入ってこいよ。じきに十二時だぜ」

「あ、うん」

そうでした。

これからお風呂に入るのに、のんびり喋《しゃべ》ってる場合ではなかったのでした。

脱衣所に着替えを置いて、バスルームへ入る。

「どうしようかな、シャワーで汗流すだけでもいいかな」

浴槽にはギイが使ったお湯がたっぷりと残されていたのだが、「なんか、面倒臭い」

さすがにちょっと、疲れていた。

と、

「こら、さぼるな託生」

いきなり背後から声をかけられて、ぼくはぎょっと振り返る。

「ギイ！」

「足音忍ばせ近づき作戦、成功」

言うなり、ギイが後ろからぼくを抱きしめる。

「ちょ、ギイ」

直に触れる肌の柔らかさとその熱に、

「そんなに面倒臭いなら、……オレが全部洗ってやるよ」

妖《あや》しい耳元への囁《ささや》きに、ぼくは一瞬にして煽《あお》られた。


明るさが気になって、ぼくはふと、目を開けた。

光の方向へ寝返りを打つと、

「悪い、眩しかったか？」

ギイの向こうのスタンドに、弱く光が灯《とも》っていた。

「……なに？」

とっくに真夜中を過ぎているのに、眠りもせずになにしてるんだろ。

「あ、地図、見せてもらってた」

俯《うつぶ》せに寝転ぶギイの手に、例のコピー。

ぼくが預かったまま、真行寺に戻すのを忘れていた。

「眠くないの、ギイ？」

バスルームからベッドへと場所を移して、何度となく、して、

「一度気になり始めると眠れなくてさ」

ぼくは肩で小刻みにずり寄って、

「なにが？」

下から、ギイの顔を覗《のぞ》き込む。

「お前だったら何埋める？　恋人への贈り物をさ」

ギイの指が、ぼくの額にかかっていた前髪をゆっくり上げた。

「埋めるって、もちろん土に埋めるんだよね……」

ぼくはちょっと考えて、「花の苗、とか？」

冗談のつもりではなかったのに、

「そりゃいいや」

ギイが笑う。

「笑うなよ」

「悪い悪い」

「苗なら、育てて花が咲くまで楽しめるじゃないか。単に埋めて掘ってより、ずっと長く、ふたりで楽しめるじゃないか」

「ああ、確かに。託生の言うとおりだ」

「なのに、笑うなんて」

「だから、笑って悪かったって。ごめん託生。土に苗ときて、あまりにシンプルな返答だったからさ、つい」

「だったら訊くなよ」

「あ。ま、でもオレも、託生にピンクのカリフラワー贈るつもりで、アメリカから研究用の苗を運んで植えたクチだし、他人のことは笑えないけどな」

そうでした、そんなこともありましたね。

「なのに笑った」

「はい、オレが全面的に悪いです。ごめんな託生」

「……いいけど」

「それで、他には？」

「他には特に、思いつかないよ」

どんな物を贈るにしろ、「だって、タイムカプセルじゃあるまいし、わざわざ埋めて渡すなんて、ありえないだろ？　渡したいなら、直接渡すか、直接が無理なら郵送や宅配とか。埋めて、地図まで作って渡すなんて、イベント好きのギイじゃあるまいし、手間かけ過ぎだよ」

「まあな」

ギイは苦笑混じりにちいさく頷くと、「確かに、オレはそういうこと、しょっちゅうするもんな。——嫌だった？」

「そんなことは、ないけど……」

窓の外に電飾をいっぱいつけてクリスマスツリーをプレゼントしてくれたり、なにかにつけてギイは粋な演出をするけれど、「……嫌じゃないけど」

「迷惑だった？」

「そんなことないよ。——ギイ、驚かせるの好きだよね」

「なのにお前、リアクション薄いからな」

それです。

「上手に驚けなくて、悪いなって、いつも思ってるから」

「大丈夫、ちゃんとわかってるから。地味に託生が驚いてても、ちゃんと喜んでるって、オレは理解してるぜ」

「……ありがとう」

そうか、やっぱり、ぼくの反応はギイから見ると地味であったか。

せっかくいろいろしてもらってるのに、ちっとも期待に応えられなくて、常々申し訳なく感じているのだ。が、仕方あるまい。ぼくは純粋日本人なのだ。感情表現が乏しいのは、正しく国民性なのだ。――多分。

「オレのサプライズ好きはともかくとして、この地図で、彼はミヨさんにプロポーズしたってことなのかもな」

「プロポーズ？　そこに指環が埋まってるってこと？」

「いや、中身は不明だけどな。だって託生、恋人に贈り物をするなら、いくらイベント好きサプライズ好きのオレだって、直接手渡しが一番と思うぜ」

顔を見て、渡したい。喜ぶ恋人に、指で触れて、抱きしめたい。「だからこれは、宝探しに便乗して彼女を島へ連れて行くのが目的ってことだろ？　彼の場合、島、イコール実家だぜ。実家に連れてくってことはさ、結婚前提ってことじゃんか」

「あ、なるほど」

「オレに負けず劣らず、かなりの演出好きだったんだな、九鬼琢馬《たくま》って」

「え？　誰、それ？」

「話したよな、九鬼翁《おう》の、崖《がけ》から転落死した長男のこと」

「あ、……あれ？」

「託生の記憶力、ニワトリ並みか？　三歩歩くと忘れちゃう？」

からかって、ギイがぼくへと顔を寄せる。

ぼくに落ちる、ギイの影。

そのまま、しっとりと口唇が重なった。

「なあ、さっきオレとしたこと、覚えてる？」

囁くように尋ねられ、

「え……」

もう何度もしたのに、それでも、拒みたくない気持ちへ、明日のことを考えて、いくらなんでもそろそろちゃんと眠らないとギイもぼくもまずいんじゃないのかな、の迷いが重なる。

そんなぼくの迷いなどお見通しのギイは、

「託生がかまわないならオレは平気」

あっさり告げて、「今度はちゃんと覚えておけよ」

ぼくの背中へ腕を回した。

『宝物をきみにあげるね』

真夏の太陽に向かって咲く向日葵《ひまわり》の笑顔で、彼が告げた。

『今すぐは無理だけど、いつかきみに探し出してもらえるよう、隠し場所の地図を作ってみたんだよ』

まるでちいさな子供の無邪気な瞳で、彼が紙片を差し出した。

『いつか一緒に、島へ渡ろうね』

けれど、永遠に訪れることのない、いつか。

あれは遠い昔の、夏の日の思い出。

切なくて、愛しくて、いつまでも色褪《いろあ》せることのない、夏の残像。

「母さん、ばーばの初恋の話、知ってる?」

朝食の席で出し抜けに訊かれ、理子《まさこ》はコンロの前でスクランブルエッグを作る手を止めて、一人息子を振り返った。

「おばあちゃまの初恋？　あーくん、どうしたの、いきなり」

「うん、ちょっと」

グラスに入った冷えた牛乳をほんの少し口にして、三洲は言い淀《よど》む。

昨夜、伊豆から真夜中に帰って来た息子に、祖母との時間をさぞ楽しんでくれたかと喜んでいた理子だが、模試の朝に早起きしてきた一人息子は、やや寝不足の目をして三洲家の食卓に着くなり、おはようをすっ飛ばして出し抜けに訊いたのであった。

「なあに、昨日、おばあちゃまとそんな話をしたの？」

「うん」

「珍しいわね」

「どっちが？　ばーばがそういう話をすることが？　俺がそういう話をすることが？」

「両方よ」

秘密主義ということでもないのだろうが、友人の話もろくにしないが、三洲は色恋の話を一切しない。我が息子ながら、決してもてなくないと思うのだが、バレンタインのチョコレートの話ですら、聞いたことがない。

「真行寺くんが一緒だったから、そういう話になったとか？」

冗談のつもりで訊いたのだが、

「……ああ、そうかも」

テーブルに頬杖《ほおづえ》を突いて、三洲が頷いた。

確か、真行寺がばーばの初恋の人に似てるとか、どうとか。

「それで、九鬼島の宝の地図の話になって」

「え？　なあに、それ？　どういうこと？」

面白そうに、理子が話に乗ってくる。

目の前に置かれた、できたてほわほわのスクランブルエッグ。お気に入りのトマトソースを端へ少しかけ、

「いただきます」

ぱんと両手を合わせてから、三洲はスプーンで一口運ぶ。

理子は正面の椅子に座ると、

「くきじま？　って、どこの島？」

と訊いた。

「ばーばの部屋のベランダ、奥まで行った？」

「ええ」

「島が見えただろ？」

「ええ」

「それ」

「――へえ」

理子は大きく頷くと、「でもおばあちゃま、私たちには島の話も何もしなかったけど」

「あ、そうだ。サニーハウスへは、紘一《こういち》おじさんと雅恵《まさえ》おばさんにばーばが無理言って入ったんだって。母さんたちに訂正しておいてくれと、ばーばに頼まれた」

「えっ、そうなの？　あれ、おばあちゃまの希望なの？」

「だから、ここへ連れ帰るなんて無理っぽいよ、母さん」

「なあんだー、がっかり」

「初恋の、思い出の地、なんだって」

「あそこが？」

「らしいよ」

「そうなの？」

「って、質問してるの、俺なんだけど」

「だって、したことないわよ、おばあちゃまと初恋の話なんて。てっきり、おじいちゃまがそうだとばかり、思ってたもの」

「若くして崖《がけ》からの転落事故で亡くなったんだって」

「え？　じゃ、その人が亡くなってなかったら、もしおばあちゃまと結ばれてたら、私たち、生まれてないってこと？」

「多分ね」

「えー、けっこうショックだわ」

「母さんが何にも知らないことに、俺はショックだよ」

「その人、名前、何て言うの？」

「そこまで訊かなかった」

話を掘り下げるなんて、まっぴらだ。

「くきじまって、固有名詞？」

「らしいよ。九つの鬼と書いて、九鬼。今、島に住んでるのはピアニストの京古野耀って人なんだけど、前の所有者が九鬼さんなんだって。だから初恋のその人も、九鬼なんとかって言うんじゃない」

「――いきなり詳しいわね、あーくん」

「不本意ながら」

あの男のせいで。

『あ、アラタさん？　俺、ギイ先輩たちと今夜、九鬼島に泊まることになりました。明日、宝の地図を調べたら、また電話します。模試、頑張ってください。それじゃあ、おやすみなさいです』

今朝、確認した、サイレント設定にしておいたケータイに残されていた、真行寺からのメッセージ。

真行寺からの怒濤《どとう》の着信履歴はともかくとして、崎義一。

着ぐるみといい、島のことといい、まったく、余計なことばかりしてくれる。

「どう思う？」

三洲が訊くと、

「どうって、何が？」

理子が訊き返した。

「九鬼島の宝の地図のこと」

「宝って、どんな宝物が隠されてるの？」

「知らないけど、ばーばにとってだけの宝の地図らしいよ。その人からばーばへの贈り物が隠されてるらしい」

「うわあ、ロマンティックー。素敵ねー、私もそういうプレゼント、されたかったな」

「父さんに？」

「できればね。無理だけど」

「どうしてさ。それくらいの甲斐性《かいしょう》、ありそうなのに」

「甲斐性はともかく、発想がないもの。単純明快な人だから」

「そこが好きだって言ってなかった？」

「だから、一生無理じゃない」

「そうか。——そうだね」

「あーくんは、してみたら？」

「なにを」

「そういうプレゼント。好きな子に」

「なんで」

「喜ばれるから」

「いいよ、面倒臭い」

「いるんでしょ、好きな子」

「そうなの？」

「そうだよ。じゃなくて、宝の地図。ばーばのところで偶然、祠堂の友人たちに会ってさ。彼らが今日、島で宝探しするらしい」

「真行寺くんと一緒だったのよね。それ以外の祠堂のおともだち？」

「前に話したろ、今年の同室の葉山とか、その仲間」

「同室の子と？　まあ、すごい偶然」

　確かに、以前、同室者の話をしてくれたことがあるが、学年が上がってすぐの頃に、後にも先にも一度きりだ。それも、理子が訊いたから応えてくれただけなのだ。

『今年の同室者？　葉山託生』

　以上。

　なので『葉山くん』の人となりも家族構成も理子は知らないままである。

　息子が一年間も、一緒に生活する相手なのに。――しかも、知らぬまま、学年の半分が過ぎようとしている。

『姉さんはのんびりし過ぎなのよ。少しは危機感、持ちなさいよ。あーちゃんの、あの人づきあいの悪さ、尋常じゃないわよ』

「いないよ」

とは、妹の琴子《ことこ》の弁だが、普通、我が子に友人がいないことほど親として気掛かりなことはないのだが、ところが理子はさほど気にしていなかった。自分以上に琴子が心配してくれるので、もしかしたら手を抜いていたのかもしれないが、元来ののんびり屋の性格も影響しているのかもしれないが、琴子が大騒ぎしなくとも、この夏は、真行寺くんに葉山くんと、息子の口から珍しく友人の名前が出たのである。

しかも、祖母の所で偶然出会ったという、

『今年の同室の葉山とか、その仲間』

葉山くん以外にも、もっといるのだ。

ほら、やっぱり大丈夫だったじゃない。

琴子に今すぐ報告してあげたいくらいだ。そんなに心配しなくても、あーくんには何人もちゃんと友人がいるからと。いつまでも甥っ子の心配なんかしてないで、そろそろ自分も子供を作る気持ちになったらどうか、と。

「あいつ、引きが強いんだ。だから迷惑なんだ」

「え？　葉山くんが？　葉山くんて、ラッキーくんなの？」

「違う。ごめん、いいんだそれは」

「じゃ、葉山くんとは別のおともだちが？」

目を輝かせた理子へ、

「気にしないで、母さん」

三洲は低く流すと、「だからさ、昼に模試が終わってから、もう一度伊豆へ行くべきか迷ってさ」

「真行寺くんは？　また彼も誘うの？」

「あいつは、昨夜向こうに残ったよ」

「あら、じゃあ、あーくん、伊豆からひとりで帰ってきたの？」

「そうだけど」

「ひとりで寂しくなかったの？」

「勉強してたし、してなくてもひとりで電車に乗るくらい、別に寂しくないよ」

「そうなの？」

「そうだよ」

「あらー」

「なんだよ、あらーって」

「だめよ、あーくん、そういう時に寂しさを感じないのは、人として、変」

「言い切らないでくれないかな、母さん。二、三時間ひとりで電車に乗るくらい、祠堂の学生なら大多数が普通にこなしてるんだから。帰省や登校のたびに、いちいち寂しさなんか感じてられないだろ」

「行きも帰りもひとりなら、かまわないんだけれどね」

「なに、どういう意味？」

「いいの、たいしたことじゃないわ」

誰を相手にしても、やたらと淡泊なつきあいしかしない息子が、一晩とはいえ泊まった相手が真行寺くんだ。

なのに、ひとりで帰って来ても寂しくないとは。

てっきり、彼に対しては特別な、それなりに厚い友情があるのかと思いきや、やはり、とことん人づきあいの淡泊な息子である。

「それにしても今の時期、伊豆はどこも混んでるでしょ？　真行寺くん、そんなに急に泊まれるところ、あったの？」

「九鬼島に泊まったらしい。そもそも葉山たち、九鬼島に宿泊しているそうだから」

「ああ、そうなの。何人くらいで？」

「三人」

「葉山くんと、誰と、誰？」

「だから、試験が終わったら島の彼らに合流すべきかなって」

「無視しないでよ」

「赤池と崎」

「あーくんと同じクラスなの？」

「ばらばら。どう思う、母さん？」

飽くまで友人関係に淡泊な息子へ苦笑しながら、

「気になるなら、行ってきたら？」

理子が言う。

「別に、気になるわけじゃないよ。ばーばの初恋だって、正直、心中複雑だし」

「そうよね、相手はおじいちゃまじゃなくて、どこかの見知らぬ他人だものね」

「その人からばーばへの贈り物を見つけられたところで、俺は、ちっとも嬉しくないし」

「おばあちゃまは？」

「ばーば？」

「おばあちゃまはきっと、贈り物が見つかった時にあーくんがそばにいてくれたら、嬉しいわよね」

「……それ、行った方がいいってこと？」

「ひっくるめて、気になるようなら、行ってきたら？　ってこと」

「うーん」

「でも、無理強いはしないから」

理子は気楽に笑うと、「だって、向こうには真行寺くんがいるんでしょ？　いざとなれば、真行寺くんがおばあちゃまに贈り物を届けてくれるんでしょ？」

「かな。わからないけど」

「娘としては、というか、同じ女としては、そうねえ、おばあちゃまが望むなら叶《かな》えてあげたいかも、かしら」

「そう？　そういうもの？」

「ずーっとおじいちゃまに尽くしてきたおばあちゃまが、兄さん夫婦に無理に頼んで、初恋の人との思い出の地に今、ひとり移り住んでいるわけでしょ？　贈り物が隠された宝の地図だって、つまりは、何十年も前の、かなり古いものだってことでしょ？　ようやく、過去の封印が解けたってことよね」

そうだった。

転落事故で亡くなった、という、初恋の人。

若き日の祖母はどうやって、いきなり恋人を失った心の傷を乗り越えたのか。

「人生の終日に向けて、思い残すことをなくしておきたいのかもしれないし」

「縁起でもない話、やめてくれないかな」

「だって、避けて通れない話でしょ？　おばあちゃま、若く見えるけど七十四歳なのよ？　何百年も生きられるわけじゃないんだから」

「それはそうだけど」

そういえば昨日、真行寺の奴も、やたらと、親孝行したい時には親はなし、みたいなことを言ってたな。

「やれることは全てしてきたつもりだけれど、おばあちゃまの娘として、おばあちゃまにしてあげられることなんて、もしかしたら何もないかもしれないのよ」

「同居計画もなくなっちゃったし？」

「そうよ。――こうしたらおばあちゃまに喜んでもらえるかなって、思いながらいろいろしてきたけれど、同居計画がトンチンカンだったみたいに、全部ただの私の自己満足で、ちっとも親孝行じゃなかったのかもしれないわよね」

「そうかな、そんなことないと思うけど」

三洲が言うと、理子が嬉しそうに微笑んだ。

「優しいわよね、あーくんて」

「母親が息子を褒めると、自画自賛ぽくて格好悪いよ」

「また照れちゃって」

「照れてないだろ」

ふふふと笑った理子は、

「だから、もし、それが本当におばあちゃまの望みなら、進んで協力することは、娘としては最善の親孝行かもしれないじゃない」

「……そうなのかな」

「あーくんにはまだわからないかもしれないけれど、取り返しのつかない後悔がね、人生の中にはいくつかあるのよ。たいてい、皆、持ってるの」

「母さんにも？」

「もちろん、あるわよ。——そのうちのひとつだけでも取り返せるのなら、悔いを減らせるものならば、むしろそれは奇跡のようなことなのよ」

「そう、なんだ？」

「それに、ようやく、おばあちゃまが自分の時間を歩き出した、とも、言えるじゃない。晩年くらい、好きなことをさせてあげたいじゃない。あの紘一兄さんと雅恵さんですら、そう思ったからサニーハウスへの入居に協力したってことなんでしょ？」

「仮にそういうことだとしてもさ、でも母さん、母さんはばーばの娘だけどじーじの娘でもあるわけだろ？　これって、じーじへの裏切りとかって、思わない？」

「思わないわよ。琴子あたりはどう言うかわからないけど、少なくとも、私はね」

「……ふうん」

三洲は曖昧に頷いて、スクランブルエッグを口に運んだ。


「盗聴器でも仕掛けてるんじゃないのか？　あ？」

苛《いら》ついた話し声がしたような気がして、ぼくはふと、目を開けた。

だが見ると朝の日差しの中、ラフな服装のギイが寛《くつろ》いだ様子で、窓際のソファでのんびり雑誌をめくっているだけだった。

「――あれ？」

ギイ、誰かとしゃべってたんじゃなかったんだ？

「お、目が覚めたか、託生？」

気づいたギイが、雑誌をソファのサイドテーブルに置いて立ち上がる。

「おはよう、ギイ」

「おはよう。まだ寝ててもいいのに」

言いながら、彼が室内を横切って、ぼくのベッドへ近づいてきた。

「さっき、誰かと話してた?」

「オレ?」

「うん」

「さっきって言うか、けっこう前に、島岡《しまおか》とな」

ベッドの端へ軽く腰を下ろしたギイは、屈《かが》み込んで、ぼくの額にキスすると、「断わってお
くが、時差も考えずに勝手にオレがコールしたんじゃなくて、あいつがオレにかけてきたんだ
からな」

「まだなにも言ってないよ」

笑ってしまう。

「言われる前に断わっておかないと、すぐお前、オレのことワガママ扱いするからな」

「それはだって、ギイが実際に、島岡さんに対してワガママばかりするからじゃないか」

自分の都合で島岡さんを電話で叩き起こしたり、わざわざニューヨークから荷物を運ばせた
り、島岡さんはギイの父親の秘書なのに、自分の手足のように好き勝手に使うから、「ギイか
らも給料払うべきだと、ぼくは思うな」

「そのうち払うよ」

イヤミのつもりで言ったのに、ギイにさらりと返されて、ぼくはちょっと、どきりとした。

ゆくゆくは、全世界規模の会社の跡を継ぐ、ギイ。

彼が本来住む世界は、ぼくなんかが安易に近づけるような場所じゃない。

「——なに？」

「え？　あ、ううん。島岡さん、仕事のことで？」

「いや、乙骨のことで」

「まだ軟禁、されてるのかい、乙骨くん」

「島岡からの新着情報としては、来週の十五日の登校日には、祠堂までクルマで送迎されるらしい。どうやら登校日の外出許可はゲットできたようだな」

「クルマで送迎って、それってつまり、監視付きってこと？」

「そーゆーこと」

「それ以外は外出禁止？」

「全面外出禁止。唯一の登校日も、寄り道不可」

「ひどいな……」

「一度無断で家を出ようとしたところを見つかって、引き戻されてからは、ずーっと自分の部屋に閉じ込められているらしい」

「でもやり過ぎじゃない？」

「まあな」

「だって、乙骨くんが九鬼島に来たって、たいしたことじゃないよね？」

「まあな」

あ……。

「——たいしたこと、あるんだ」

ギイが曖昧に頷く時は、たいてい、たいしたことなくないのだ。

「あまり良い話じゃないぜ？」

「前からそうだよね、ギイ、ぼくに大人の汚い話、聞かせるの嫌がるよね」

「そりゃそうだろ。オレ、お前を大事にしてるんだよ」

「うん」

でも、「聞いてもいい？」

ギイは仕方ないなと頷いて、

「別に、乙骨がなにかしでかすと警戒してるわけじゃないんだよ。単に、今は雅彦さんと離しておきたいらしいんだ」

「どうして?」

「DNA鑑定してるんだとさ」

「え? 誰の?」

「雅彦さんの」

「なんで?」

「果たして乙骨雅彦は、本当に乙骨雅彦なのか。とさ」

「雅彦さん、ニセモノなのかい?」

そんなSFみたいなことが起きているのか?

「じゃなくて」

ギイはちいさく吹き出すと、「雅彦さんに、本当に乙骨家の遺伝子が受け継がれているかどうかってさ」

「——どういう意味?」

「雅彦さんの母親が、華世《はなよ》さんて言うんだけどさ、この世の者とは思われないくらい凄《すさ》まじく綺麗《きれい》な女性なんだけれどな、なんというか、生まれながらに、こう、普通じゃない感じの人でさ。雅彦さんを、かなり危なっかしくしたような」

「……うん」

「正気と狂気が混在してるっていうか、まあ、調子が良くなったり悪くなったりをしょっちゅう繰り返してるんだけどさ、先日、何かの拍子に口走ったんだよ、雅彦は乙骨幹彦《みきひこ》の息子じゃないって」

「乙骨幹彦？」

「雅彦さんの父親で、現在の乙骨財閥を取り仕切ってる長男。ちなみに、幹彦さんの下に妹が何人かいて、末弟が久彦《ひさひこ》さんといって、乙骨寄彦の父親だよ」

「じゃあ、財閥の後継者の順番からすると、乙骨くんより雅彦さんの方が上ってこと？」

「普通に考えればな。もっとも、会社の後継って別に血縁に限らないわけだから、飽くまで普通だとそういう順番になるってだけだぞ」

「へえ……」

「話を戻すと、雅彦さんの母親の華世さんが、夢と現《うつつ》を行ったり来たりしているような人だからさ、そう口走ったところで、はじめは周囲も本気にしてなかったんだけどな、この前、幹彦さんに末期の癌がみつかってさ、乙骨一族大騒ぎになっちまった」

「ガン？　え？　父親がガンってこと、雅彦さん知ってるの？」

そばにいなくて、いいのかな。

「どうかなあ？　どうも知らないっぽいんだけどさ、だからって、オレが教えるのは筋違いって言うか、基本、これ、機密情報だから。外に洩《も》れると企業的にまずいから、託生、お前も口外禁止な」

「わかった」

「要するに、跡継ぎの順番はともかくとして、――雅彦さん、会社を継がない可能性が高いからな、だから一族大騒ぎのポイントは、幹彦さん亡き後、その莫大な遺産を相続する母親と息子に不義理があれば、即、離婚。って点なんだよ」

「つまり、お金が絡んだとたん、ああなったってこと?」

「そういうこと」

「え? でも確か乙骨家って、雅彦さんの通う学校や音楽活動のために、随分と便宜を図り続けてくれたんだよね? そんなにお金に汚いってわけでもないんだよね?」

「だがそれもこれも、幹彦さんの息子だからだぜ。乙骨家とは縁も縁《ゆかり》もない奴に、大枚はたくわけがない」

「もしかして、雅彦さん、母親の不倫でできた子供とか思われてるわけ?」

「多分な」

「――そうなんだ」

「残念ながら、華世夫人がそのへん意識がちゃんとしてないからさ、真偽はうやむや、詳細は不明、相手の名前もわからないし、いろいろわからないことだらけでさ」

「それで、DNA鑑定？」

「遺伝子はうそをつかない。と」

「それはそうかもしれないけどさ」

一般人のぼくには、そこまでするか？という印象。「やっぱり、やり過ぎじゃない？」

「なにせ、他に裏を取る方法がないからな、やむを得まい。で、DNA鑑定が終わって雅彦さんの嫌疑が晴れるまでは、乙骨寄彦は雅彦さんに会えないと」

「ねえ、もし雅彦さんが乙骨の血筋じゃなかったら、どうなっちゃうの？」

「即、離婚。離婚ってことになったら、華世夫人は実家に帰されるな。あの人、とてもじゃないがひとりじゃ生きられないからな」

「雅彦さんより危なっかしいんだよね？」

「かなりヤバイ」

頷いたギイは、「まあ、あの美貌《びぼう》だからさ、幹彦さんが昔一目惚《ぼ》れしたみたいに、どこかの御曹司にまたまたベタ惚れされて、再婚ってことがないわけじゃないだろうがさ、ともかくも雅彦さんと華世夫人の親子関係が立証されていれば、雅彦さんは華世夫人の実家の嘉納《かのう》家とは血筋として繋《つな》がるが、父親が誰なのかわからなくなる。雅彦さんの戸籍はちゃんとした嫡子だから戸籍上は乙骨幹彦長男なんだけど、どうなのかな、たとえ血が繋がらなくても今まで愛情かけて育ててきた雅彦さんを、幹彦さんがぽんと切れるかどうかは、これまたわからないな」

「幹彦さんが生きてる間は、仮に実子でなくても乙骨雅彦でいられる可能性が残されているけれど、幹彦さんが亡くなっちゃったら、雅彦さん、親戚の人達に追い出されちゃうかもしれないってこと？　平沢《ひらさわ》くんの時みたいに？」

「ああ、伸之《のぶゆき》の？　去年、伸之が意地悪な親戚連中に追い出されそうだと、悟《さとる》が散々心配してたあの時のことか？」

「うん、そう」

「実際には、そこんところは微妙なんだよ。一族としては、即離婚、母子とも実家へ戻すプランらしいんだけどさ、雅彦さん、あのルックスであのキャラだろ？　一部の女性陣には絶大の人気なんだよ。だから女性陣の中では揉《も》めててさ、華世夫人は実家に帰すとしても雅彦さんは手元に残して、とか、むしろ裏切りの証《あかし》だから乙骨家には絶対置いておけない、とか、まちまちらしい」

「ちゃんと息子なら、なんにも問題ないんだよね？」

「乙骨寄彦は、それを祈ってるだろうな」

「鑑定って、いつわかるの？」

「今日か明日」

「ねえギイ、もし、他人の子供ってわかったら、乙骨くん、二度と雅彦さんに会えなくなっちゃうわけ？」

「全力で阻止されそうだが、それだって、何十年かすりゃ敵がなくなる。それまで待っていられる気の長さが、乙骨にあればな」

「――どういう意味？」

「寿命の話」

「どういうこと？」

「普通、親の方が子供より先に他界するって話」

「ギイ！」

「別に、不謹慎な話をしてるわけじゃない。一番平和裡《り》な方法は、時間が解決する方法だって言ってるんだよ」

「それ、解決になってるの？」

「望みは叶うだろ？　乙骨は雅彦さんに会いたいんだからさ。それも、恒常的に」

「ギイって、――時々、ものすごく、冷静だよね」

「託生はイメージに反して、かなりの人情家だもんな」

「ごめん、責めてるわけじゃないんだけど」

「いいって。時々、オレにはついていてこれないんだろ？　わかってるよ。前にもあった」

「ごめん」

「だから、いいって。オレは気にしてない。それに、こと、この性格に関しては、変える気もない。これも前にも言ったけど、とはいえ、その時の約束どおり、託生に対しては、なるべく発動しないようにしてるから。これでも」

「わかってる」

「わかってる？」

「うん」

頷いたぼくに、

「オレの努力は実ってる？」

ギイが訊く。

「ちゃんと、伝わってる」

「なら、いいけどさ」

軽く肩を竦めてぼくから視線を外したギイに、――そのままベッドから遠く離れて行ってしまいそうで、気づくとぼくは、ギイの腕をぎゅっと摑んでいた。

「なに、託生？」

「待って」

「オレはどこにも行かないぜ？」

ギイはくすりと笑う。「なに、心配してんだよ」

「だって」

傷つけた、気がした。

「そういやオハヨウのキス、まだだったたな。なんだっけ？　エルガーの、朝のあいさつならぬ愛のあいさつ？」

ギイがニヤリと目を細めた。

「うん」

即座に頷いたぼくへ、

「珍しい」

またちいさく笑ったギイは、「託生が素直だ」

だって。

「ギイ……」

失いたくない。

「……託生、そんなキスされたら、オレ——」

吐息交じりに、ギイがベッドへ這《は》い上がってくる。

——だってギイ、ぼくはきみを、失いたくないんだ。


「信じらんねーことすんな。なんだよ、ったく」

バスルームから聞こえるシャワーの音。

気遣うように、ギイは小声で訴えた。

窓際のソファセットへ向かい合って座り、

「そんなに怒ることないのに、義一くん」

井上佐智も、心持ち、ちいさめの声で応える。

「そりゃ怒るだろ、ふつー」

「着いたら連絡するって、今朝の電話で伝えておいたよね?」

「だからって、部屋まで来るこたあないだろ、佐智?」

「何度ケータイ鳴らしても、出ないから」

「、、、、取り込み中だって察しろよ」

「へえ、そうだったんだ。ごめんね、義一くん」

「なんつーしらじらしい謝罪だ。ちっとも反省してないじゃんか。腹立つなー」

「サロンコンサートが終わったら、翌日には帰っちゃうんだよね？」

「まあな、サロンコンサートの翌々日が祠堂の登校日だからな、引き続きここでまったりってわけにはいかないからな」

「そしたら全然時間がないじゃないか。ゴールデンウイークの時も、一緒に夕食を食べたらもうサヨナラだったし」

「佐智が仕事だったんだから、しようがないだろ」

「そうだけれどね、義一くんたちがうちの別荘にいてくれたらもっと頻繁に会えたのに、今回はなかなか会えないから寂しかったんだよ」

「あ、そう」

「どうして疑いの眼差しで見るんだよ」

「山田《やまだ》聖矢と毎日いちゃいちゃしてんじゃないのか？　よもや、あいつとより、オレたちと一緒にいたいとか、言うんじゃないよな」

「それはないけど」

「だったら文句言うなよ。てか、邪魔すんなよ、せっかくの瞬間を！」

「せっかくの瞬間？　って、なんだい？」

「アイツにしては珍しく、甘い雰囲気だったんだよ。くそっ。百年に一度の貴重な瞬間を台なしにしやがって」

「ははは、ごめん」

「笑うな、佐智」

「何回かけ直してもずっとシカトしてた、義一くんが悪い」

「はいはいはいはい、それでいいです」

「冗談は抜きにしても、ちっともゆっくり話せなかったからさ、今日も明日もバタバタだし、またしばらく義一くんに会えないし」

「——まあな」

「ねえ義一くん、あれ、覚えてる？」

「どれ」

「九鬼翁の部屋でみつけた本」

「ああ、かくれんぼしてた時に、オレが暇つぶしに読んでた本か？」

「漢字だらけで読めなかったって、当時言ってたけど、どんな本だったのさ」

「佐智、お前、探すの下手過ぎ。おかげで全部、読んじまった」

「読めなかったんじゃなかったの？」

「読めないさ、あの当時は。でもオレ、脅威の記憶力の持ち主だからさ」

「——内容、覚えてるんだ？」

「やがて漢字がわかるようになってから、頭の中で読み直した。——なんだかだで、何回かここに遊びに来てる間に、けっこうな冊数読んだもんなー」

「僕が探すの下手だから？」

「そうそう」

笑ったギイは、「で？　なんだよ、今頃。どういう意図の質問だよ、それ」

「その中に、日記、含まれてなかった？」

「誰の。九鬼翁のか？」

「もしくは、家族の誰かのとか」

「日記はないな。旧字体の純文学とかはあったけどな」

「……そう」

「なあ佐智、山田聖矢は、ただの建物好きなのか？」

「え？　どういう意味？」

「あいつが島へ来たのは、単にラングの館が見たいだけ、だったのかと訊いてるんだよ」

「そうだけど。後、普通に好奇心はあるけどね。西の塔の謎が解けなくて、すごく悔しそうなんだ」

と微笑み付きで話す佐智は、気のせいでなく、嬉しそうだ。

「……あんな奴のどこが良いのやら」

「なあに？」

「いや、なんでも。で？　好奇心旺盛《おうせい》な山田聖矢は？」

「中庭で、みんなで朝食を摂《と》ってるよ。——あ、なんだっけ、真行寺兼満くん？　義一くんたちの後輩なんだって？」

「ああ。赤池たちも、もう、中庭にいるんだ」

「人数が増えてて、驚いたよ」

「ま、いろいろあってな」

「なんだかここ、祠堂の合宿所みたいだね」

「まあな」

「その真行寺くんが、ミヨさんの地図がどうとか言ってたけど？」

「——ちっ。真行寺、余計なことを」

「宝探し、するんだって？」

「しねーよ」

「でも、みんなで盛り上がってたよ？」

「なんでお前、このタイミングでわざわざ島まで朝飯なんか食べに来るんだよ」

「だから、義一くんとゆっくり話したかったからだって、言っただろ」

「そうじゃなくてさ！」

ふう。と、溜め息を吐いたギイは、「で？　山田聖矢は、今回も参加の方向ってことか？」

「じゃ、ないかな？　あ。それでか」

『盗聴器でも仕掛けてるんじゃないのか？　あ？』

「それで盗聴器云々って、今朝、義一くん」

「そうだよ。お前たち、なんだよその、強運はさ」

どこかで盗聴してるんじゃないかって疑いたくなるくらいの。

「運の良さに関しては、義一くんにとやかく言われたくないけどな」

「——いいけどな、朝飯食ったら佐智は別荘に戻るんだろ？」

「あ、午前中いっぱいはこっちにいる予定なんだ。僕も京古野さんと合わせたいし、雅彦さんと託生くんの演奏も、聴いておきたいから」

「さようで」

「なんちゃってリハーサルってことで。義一くんも、同席する？」

「午前中、オレは宝探ししてるっつーの。佐智の彼氏を同席させればいいだろ」

「聖矢さん、音楽あまり得手じゃないんだ。歌うとメロディーが変幻自在なんだよ、義一くんみたいに」

「大きなお世話だ！」

「せっかく耳は良いのにね、絶対音感もあるのに、義一くん」

「オレの耳が良いなんて、そんなこと言うのお前だけだぞ、佐智」

「歌はともかく、楽器をするのは悪くないと思うんだけどな。そうだ義一くん、今からでもバイオリンやれば？　託生くんに教えてもらって」

「いいよ、面倒くさい」

「同じ趣味があるって、けっこう強味だよ？　しかも、一緒にいられる口実まで作れる」

あ。

と、ギイが目を見開く。

「――佐智、お前、天才！」

佐智はふふふと笑うと、

「よく言われる」

と、応えた。

「あ、オハヨーございますー、葉山サン、ギイ先輩！」

中庭に用意された朝食のテーブル、椅子に座ったまま、真行寺がぶんぶんと大きく両手を振った。

「前から思ってたけどさ、なんか真行寺ってさ、レトリバーっぽいよな」

ギイがこっそり耳打ちする。

「そうかも」

ぼくはつい、笑ってしまった。

「同じ大型犬でも、ハスキータイプじゃないもんな」

「うん」

「秋田犬も違うしな」

「うん、うん」

ちいさく頷きながらテーブルへ近づくと、

「おはよう」

章三がのんびりと、ぼくたちに挨拶した。

「おはよう、赤池くん。久しぶりのふたり部屋、どうだった？　よく眠れた？」

「眠れた眠れた、面白いぞ真行寺、ベッドに入って三秒で熟睡。早いのなんの。ひとりでいるのと変わらないくらい、静かな夜でした」

「へえ」

寝穢《いぎたな》い。と、辛口の三洲は揶揄《やゆ》していたが、「真行寺くんて、特技、熟睡だね」

「赤池先輩と同室なんて、俺、緊張するっすー！　とか、寝仕度しながら言ってたのに、ものの三秒だぜ、三秒。どこがだ！　てな感じ」

章三のセリフに、ぼくとギイは揃って笑った。

その真行寺はすっかり打ち解けた様子で、雅彦さんとしゃべっていた。

「フルート、吹いてもらったの？」

章三へ訊くと、

「二曲な。真行寺、感動してたぞー。すごいっすねー、すごいっすねー、を連発して、そしたらいきなり雅彦さんと仲良くなった」

「へえ」

邪気のない真行寺、楽々ハードルクリアだよな。

ぼくと雅彦さんの距離を縮めたきっかけも、ぼくがつい、吹き出したことにある。

「京古野さんは？」

「さっき井上さんと山田さんと三人で、席を外した」

そうか、それで、ここには雅彦さんと真行寺と章三しかいないのか。

ぼくたちを部屋に訪ねてくれた佐智さんは、ぼくがシャワーと着替えを済ませて室内に戻った時には、いなかった。

タイミングがタイミングだったので、急いでバスルームへ飛び込んだぼくは、佐智さんと、ろくに挨拶も交わしていなかったのだが、室内に彼がいなくてほっとしたような、がっかりしたような。

「真行寺が朝からハイテンションの理由がもうひとつ」

章三は親指を立て、「模試が終わったら、三洲、こっちに来るってさ」

「本当に？　良かったなあ、真行寺くん」

「託生」

ぼくに椅子を引いてくれたギイは、自分も椅子に座ると、「飲み物、何にする？」

訊きながら、空のグラスをよこした。

「んーと、グレープフルーツジュース」

応えて、「ねえ赤池くん、三洲くん、何時頃来るんだって？　夕方くらいになるんなら、もう宝探し終わってるし、島まで来てもらうの、大変だよね？」

「ほら」

デカンタからジュースを注いでくれたギイは、「ハムかベーコンがソーセージ」

「ハム。――いっそ、ぼくたちがまたサニーハウスまで行った方がいいよね？」

「卵は？」

と、ギイ。

「目玉焼き。あ、両面焼いたの」

「はいはい。パンは？」

「今日はトーストにする」

「じゃ、それで」

いつの間にそこにいたのか、給仕の人に希望を伝えたギイは、「いっそミヨさんも三洲も、ここに呼べばいいじゃん」

さっくりと話題に加わった。

ミヨさんと三洲の名前に敏感に反応した真行寺が、ぼくたちの会話に加わって、雅彦さんも加わって、食事をしながら宝探しとはまったく関係ない話題で散々盛り上がった後、

「託生、そろそろ部屋へ戻ろうか」

ギイがぼくへ言った。


「託生、しっかり手を洗えよ」

バスルームで命令されて、石鹸《せっけん》で丁寧に手を洗いながら、

「でも、なんで?」

訊くと、

「あれ、言ってなかったっけ。九時から京古野さんの部屋で明日のリハーサルだとさ」

「リハーサル?」

え?「明日の出演者、全員、ここに来てるの?」

別荘でなく、こっちでやるの?

それで佐智さん、こっちにいるの?

「いや、雅彦さん対策の一環で、九鬼島組のみ、こっちでリハーサルだとさ」

「良かったー」

なにせ、今回のサロンコンサートの出演者とは、オソロシイことに未《いま》だ一面識もないのであ

る。心の準備もできていないのに、いきなり全員でリハーサルでは、またしても、ぼくはとんちんかんな演奏をしてしまう、かも、しれない。動揺のあまり。去年のように。

「って、ギイ？　雅彦さん対策の一環って、なんだい？」

「別荘で他の出演者と一堂に会してリハーサルなんかしたら、雅彦さん、間違いなく、明日の本番を待たずして今日の段階でリタイア決定っぽいからな」

「人見知りのせいで？」

「そ。苦肉の策のひとつとして、ぶっつけ本番ってことらしいぜ」

「でも、昨日は知らない人ばかりの朗読劇だったけど、大丈夫だったよね？」

「着ぐるみ効果でな」

「え？　もしかして、扮装してれば大丈夫だったりするわけ？」

ぷーとか、簡単にラッパ吹くだけ、だったからではなく？

「自分が自分でなければ、けっこう平気らしいんだよ」

「え？　わかんないよ、それ」

「いいよ、わかんなくて」

ギイは肩を竦《すく》めると、「それより問題は明日だよな。ぶっつけ本番対策をしたところで、客の顔見て逃げ出したらそれまでだもんな」

「……だよね」

　極度の上がり症と思えばいいのか？　でも、上がり症なら、扮装したところでどうにかなるわけではないものな。扮装すれば大丈夫ということは、それとは違うということで、なにか、ぶっつけ本番作戦以外にうまい解決策があるといいのに。

「とはいえさ、昨日の格好で雅彦さんだけ演奏を、ってわけにはいかないもんなあ」

「明日だけでもそうするってのは？」

「それじゃ意味がないだろう。佐智たちは、雅彦さんに、克服させてやりたいんだからさ」

「あ、そうか」

「雅彦さんのことはさておき、託生、リハーサル頑張れよ。オレたちは宝探しを頑張るから。

そうだ。託生、ケータイは？」

「あ、忘れてた」

　ぼくは急いで、ボストンバッグの中から携帯電話を取り出す。

「後で、現地から宝探しのライブ映像送ってやるからな」

「ケータイのビデオで？」

「そ、メールで送ってやるから」

「便利だよねえ、時差ちょっとのほぼライブ映像ってことだもんね」

「ライブもできるけどな」

「え？」

「テレビ電話にもなるって、それ」

「ええーっ？」

　またひとつ、新たな機能が判明だ。

「ただし、ライブモードだと録画できないから、リアルタイムで見てもらわないとならないから、練習中に見るわけにはいかないだろ、勝手に録《と》って送るから、着信音消しとけよ。で、切りの良いところで皆で見れば？」

「わかった、そうする」

　どこまでも気の利くギイ。

　京古野さんたちにも、さぞ喜ばれるであろう。――ミヨさんの地図も宝物も、かなり気になっていたようだから。

「じゃ、後でな」

「うん。――あ」

　部屋を出ようとしたぼくに、掠《かす》めるようにキスをして、

「佐智に邪魔された今朝の続き、今夜するけど拒むなよ」

ギイが囁く。

「明日がサロンコンサートの本番なのに？」

「嫌か？」

「嫌じゃないよ」

ぼくだって、あのまま、ギイとしたかった。

「およっ、またしても素直だ」

「たまにはね」

あんまり口答えばかりしていて、ギイに愛想尽かされるのは嫌なのだ。

「いっそ、今する？」

「それはダメ」

「やはり？」

笑ったギイは、「では夜まで我慢するとしましょう」

もう一度ぼくにキスをして、今度こそ、ぼくを部屋から送り出した。

バイオリンとケータイを手に、長い廊下を京古野さんの部屋へ向かう。

足早に歩いている、からだけでなく、やけに鼓動がどきどきしていた。

思いがけず、佐智さんが今朝ぼくたちの部屋を訪ねてくれたのは（不機嫌丸出しのギイの反

応はともかく)、ぼくとしてはとても嬉しい出来事だったのだが、

「う。緊張する」

改めて、佐智さんの前できちんと『序奏とロンドカプリチオーソ』を演奏するのは、たとえそこが京古野さんの部屋で、室内には彼らの他には雅彦さんしかいないとはいえ、「いや、違うな。雅彦さんがいるから余計にプレッシャーなんだよな」

超天才を三人も目の前にして、凡人のぼくにどうしろと？　という、心境。

けれど、それは今更なので、

「気にしない、気にしない」

ぼくは自分に言い聞かせる。

確かに、去年初めて佐智さんの別荘を訪れて、他の出演者の前で『アルルの女』を弾かされた時は、間違いなく彼らに値踏みされていたぼくとしては、辛《つら》くていたたまれなくて苦しかったのだが、とはいえ本番は違っていた。

佐智さんと一緒に演奏したから心強かった、だけではなく、あの時、目の前にいた人々は、マリコさんを始めサロンコンサートをとても楽しみにしていた人たちで、出演者のどの演奏も楽しんでいた。おかげで、ものすごくあたたかな雰囲気の中で演奏することができたのだ。佐智さんとのバイオリンの掛け合いが楽しかっただけでなく、会場の雰囲気が、それを更に楽し

いものにしてくれていたのだ。

彼らは、敵ではなかった。

ぼくを値踏みしようとしていたわけでもなかった。

「……もしかして」

つと、ぼくは思い当たる。

『おんなじ、感じがする』

と、雅彦さんがぼくのことを言っていたのは、こういうこと、だろうか？

元人間接触嫌悪症の重症患者だったぼくは、ギイに言わせれば、拾い過ぎ、なのだそうだ。もう少し無神経でちょうどいい、らしいのだ。

人に気を遣うのと、人を気にする、のは、別物らしい。

未だに、ちゃんと言われた意味を理解しているわけではないのだが、気にし過ぎと思い込みは似ているらしいので、ギイがそばにいてくれると、ひとつずつちゃんと訂正解説してくれるので、以前よりはぼくの経験値は高くなっていると思うのだが、つまり、

「初めて会う相手のことを、敵だと認識してるんだ、雅彦さんて」

積極的に『敵』設定ではないとしても、少なくとも『味方ではない』というくくりなのだ。

——多分。

ぼくが吹き出したことがきっかけだったように、真行寺が絶賛したのがきっかけになったように、そこからプラスポイントを重ねるうちに、徐々に味方寄りになってゆくのだ、きっと。

深々とした挨拶は、むしろ、警戒心の顕《あらわ》れなんだ。

「そうか……」

まわりじゅう敵だらけ、に、耐えられないのか、そういうことか。

あれ？

「じゃ、ぼくとは違うな」

ギイに、ふてぶてしいと評されたことがあるぞ、ぼくは。

『逃げ出すどころか敵中に突っ込んでくもんな、託生は。おっかなくてしようがない』

と、笑われたこともある。

『でなきゃ、人に触られるのがなにより苦手な奴が、そもそも、進学先に全寮制の学校なんか選ばないだろ？　普通は家に引きこもるだろ。真逆だぜ？』

あれは、いつのことだったか。

『託生の遣《や》り方は一種のショック療法に近いよな。だが普通は他人が強制的にやらせるところを、託生の場合、本人が自ら進んでやったんだから、相当だぜ』

どうしてそんな話題になったのか、きっかけはもう忘れてしまったが、

『でも、ああコイツ、ホンキで治したいんだ。って、その時、思った。——ホント、強いよな託生は』

誉《ほ》められたのか、からかわれたのかは定かでないが、おかげで祠堂で託生に会えたと、ギイが言ってくれた。

それだけで、ぼくは、報われた気がした。

「ぼくよりずっと、繊細なんだ、雅彦さんは」

けれど、おんなじと、雅彦さんが言った。

そのあたりを、どうにか生かせられないだろうか。——ぼくにも何か、できないだろうか。

「すごいな、たった数日でこんなに変わるなんて。魔法みたいだ」

演奏が終わると同時に、佐智さんが拍手してくれた。「いいね、すごくカッコイイ。すごく男前の『序奏とロンドカプリチオーソ』だね」

「あ、ありがとう、ございます」

うわ。照れる。

雅彦さんも、満面の笑みで、

「カッコイー、たくみくん」

拍手してくれた。

男前の『序奏とロンドカプリチオーソ』とは、いかなるものか、残念ながら弾いた本人であるぼくには、とんとわからないのだが、

「目指せぱきっ。ということで」

ぼくが言うと、

「ぱきっ。それ、たくみくんは、ぱきっ」

雅彦さんが嬉しそうに繰り返す。

「なんですか、ぱきって？」

不思議そうな佐智さんへ、

「葉山くんの今回のメインテーマだよね。ちなみに発案は、雅彦」

京古野さんの説明に、

「はあ」

わかるような、わからないような、曖昧な表情で頷いた佐智さんは、「それにしても、やはり京古野さんに預けて正解でしたね」

ぼくへ向き直ると、「託生くん、よくここまで自分をしっかりとつかまえられたね。こんな

に託生くんらしい演奏になるとは、驚きだよ。僕では、こんなふうにはとても仕上げてあげられなかった」

「や、いえ、そんなことは」

謙遜《けんそん》するぼくへ、

「そうだね、凛々《りり》しくて、良い感じだ。佐智くんだと、こうは凛々しくならないな」

京古野さんが言う。

「そうですね、かなり違いますね」

頷く佐智さんへ、

「あの……、今回って、佐智さんも京古野さんも、ぼくと同じ曲を演奏するって耳にしたんですけど、それって、同じ曲を三回演奏するってこと、ですか？」

訊くと、

「その予定だよ」

佐智さんが笑って頷いた。

ギイからは、差し出た真似はするなと釘《くぎ》を刺されているけれど、確かめてみるくらい、かまわないよね？

「あのー、三回も連続で同じ曲を聴かされたら、退屈になっちゃうって言うか、あの、どうなんでしょうか、それって」

「ああ」

合点したように笑った佐智さんは、「ねえ、僕もそう言ったんだけど、メインゲストが譲らなくて」

「あ、マリコさん、ですか？」

「そう。彼女、めちゃくちゃ『序奏とロンドカプリチオーソ』にはまってるんだ。いろんなバイオリニストの演奏をMDに入れて、一日中エンドレスで流してるくらい」

「そ、うなんですか」

それは、すごいな。よく、飽きないな。

「だから、マリコさんとしてはすごく楽しみなプログラムなんだけれど、演奏会としてのバランスとしてはいかがなものかと、一応、進言はしたんだよ。却下されたけど」

「しかも、どうして葉山くんも同じ曲を弾くのかと、過日、佐智くんに確認した折りに教えてもらったんだが、マリコさんのオーダーが、佐智くんの『序奏とロンドカプリチオーソ』と私のピアノバージョン『序奏とロンドカプリチオーソ』と、どうしても葉山くんの『序奏とロンドカプリチオーソ』が聴きたいわ、だったそうでね」

京古野さんの説明に、

「えっ？　ぼくの、ですか？」

ぼくを名指しで？　でも、どうして？

「去年の『カノン』以来、マリコさんのお気に入りなんだよ、託生くん」

佐智さんが言う。

「ぼ、ぼくが、ですか？　や、だって、そんな上手くないですし、あれ？」

「僕の音と混ざりそうで混ざらない感じが、彼女の好みだったらしくて」

「あ、はあ」

うーん、どういう意味だろう。

「究極の理由だよね、好み、って」

京古野さんが笑う。

「なんですか、究極の好みって？」

ぼくが訊くと、

「技術も才能も全てを超越してしまう、なんというか、そうだな、聴衆の特権、かな？」

「……特権？」

「つまりね」

佐智さんが続けてくれた。「これは極端な譬《たと》えだけれど、上手な演奏家のリサイタルと、下手な演奏家のリサイタルが、同日同時刻に行われるとして、たいていの人は上手な演奏家のリサイタルへ足を運ぶんだけれど、もし仮に、その下手な演奏家の演奏が、とても自分の好みに合うとしたら、その人はそっちへ流れるってこと」

「はあ……」

「聴く人の好みはね、演奏者の上手も下手も超越してしまうんだよ、託生くん」

「そうなんですか？」

「あ、きみの演奏が下手というわけではないからね。それと、いくら好かれているからといって、下手な演奏家が努力もせずに下手なままでいていいということでもないからね。音楽性も然《さ》ることながら、やはり技術は大事だよ。——ごめん、ごっちゃになっちゃった。要するに、託生くんの演奏がマリコさんの好みにどんぴしゃだったので、僕は再びきみをサロンコンサートへ招待し、サン・サーンスの楽譜を送った、ということなんだ」

「ということは、ぼくを招いてくれたのは、マリコさん、ということですか？」

「もちろん僕もまた託生くんに会えるのを楽しみにしていたけれど、最大の理由は、マリコさんのリクエストってことかな」

　なんだか、不思議な感覚だった。

　昨年、少しだけ挨拶はしたけれど、ろくに話してもいない人に、そうまで気に入っていただけて、また招いていただけて、おかげで、ぼくは今、ここにいる。

「マリコさんに、何か、お礼したい気分になってきました」

そうなのだ、しかも明日は彼女の誕生日。

「物なんていらないよ」

佐智さんが言う。「明日、託生くんが最高の演奏をしてくれることが、なによりマリコさんが喜ぶプレゼントなんだからね」

「……はい」

そうなんだ。

こうやって、人と人との縁って、繋《つな》がってゆくのか。

ぼくの演奏を好んでくれるたくさんの聴衆ができたなら、そうしたらぼくも、演奏家としてやっていけるということなんだ。

や、む、難しいぞ、その状況は。

仕組みはなんとなくわかったけれど、果たしてぼくの演奏は、たくさんの人の好みに合うのか？　いや、それはないような、気がするぞ。

「……ギイひとりくらいで、丁度良いもんな」

ぼくは口の中で、ちいさく呟いた。

観客は、彼ひとりくらいが丁度良い。

ギイのためになら、いつだってぼくは、のびのびと弾くことができる。

それは前からそうなのだ。

バイオリンをケースへしまっていると、雅彦さんのリハーサルが始まった。

全身の鳥肌が一気に立つような、フルートの音。

思わず手を止めて、彼に見入ってしまう。

こんなにすごい演奏をする人が、埋もれたままなんて。

「……やっぱり、どうにかしてあげたいよな」

彼が、見知らぬ人々の前でも真価が発揮できるように、してあげたい。


京古野さん、佐智さん、それぞれの、とんでもない『序奏とロンドカプリチオーソ』を拝聴させていただいてから、ケータイにメールが着信していることに気がついた。

それにしても……。

やっぱりねえ、佐智さんは好み云々《うんぬん》と言ってくれたが、そんなレベルではないのである。彼らとぼくの演奏とには、ぼーっと突っ立ってるだけでも人目を惹《ひ》くギイと、どんなに頑張って格好良く見せようとしてもてんでだめだめなその他大勢、の、差、くらいある。

ふう。

この人たちと同じフィールドに立つのは、正直、大変きつい。――パトロン、マジでいらないかも。

「あ、発掘、終わったようですよ？」

ケータイを開いてぼくが言うと、佐智さんと京古野さんと雅彦さんが、一斉にぼくの手元を覗き込んだ。

「これ、義一くんからのメール？」

佐智さんが訊く。

「そうです。うわ、動画の添付、十もある」

「すごい、いちいちキャプション付いてるよ。相変わらずマメだなあ、義一くん」

「へえ、出発の段階から撮《と》ってるんだ」

京古野さんが言い、「順番飛ばして、その、下の方の『お宝無事に発見！』ていうの、見せてもらっていいかな？」

「はい、わかりました」

再生キーを押すと、

『じゃかじゃかじゃかじゃか……、じゃーん！』

いい加減なメロディーのBGMとともに、泥まみれの、オルゴールのような木の箱の蓋《ふた》が開き、箱の中が大写しになる。

「……ぎいちくんの歌、へん」

ぽつりと雅彦さんが呟いたことは、ギイには内緒にしておくとして、

『中身はなんと、鍵でしたー！』

ギイの元気なナレーションが続く。

『残念ながら説明書きは添付されておりませんので、これがどこの鍵なのかはわかりません。またしても新たな謎が生まれてしまいましたねー！』

おしまい。

「短かい」

佐智さんが笑う。

「今の十五秒くらい？」

京古野さんが訊く。

「義一くんのケータイなら、もっと長く撮れるのに」

「え？　そうなんですか？」

というか、どうしてそれを、佐智さんが知っているのだ？

「らしいよ？　しょっちゅう変わるけど、いつも機能が尋常じゃないから、彼のケータイ」

しょっちゅう変わる？　そうなのか？

機能が尋常でないのはわかるのだが、しょっちゅう変わっているとは知らなかった。

その下のデータには『帰路に就《つ》く人々』とあり、

「じゃあ、もう館に戻ってるのかな、みんな？」

佐智さんがそれとなく、窓の外へ視線を向ける。

「佐智くん、そろそろ別荘に戻らないといけないんじゃないのかい？」

京古野さんに訊かれ、腕時計で時間を確認した佐智さんは、

「そうですね、午後の予定もありますし」

頷いて、アマティをケースへしまうと、「それでは明日、よろしくお願いします」

ぼくたちへ一礼して、京古野さんの部屋を後にした。

ぼくもバイオリンのケースを持ち、

「あの、どうしますか？　ギイたちに、ここに来るよう、伝えますか？」

京古野さんへ訊いた。

「いや、いいよ。戻って来てるなら、皆、サロンにいるよね。私もそこへ行くから」

「わかりました」

ぼくも京古野さんと雅彦さんへ一礼して、京古野さんの部屋を出て、バイオリンを置きに自分たちの部屋へ向かった。

途中、サイレントモードを通常へと戻していると、タイミング良くギイのケータイから着信する。

「もしもし？」

「よ、リハーサル終わったか？」

「うん、メール、みんなで見たよ。ギイ、今どこ？」

「あちこち汚れたから部屋でシャワー浴びて、着替えたとこ」

「まだ部屋にいる？」

「なに、こっち向かってる？」

「うん」

「じゃ、部屋にいるよ。章三たちには先行っててもらう」

「赤池くんたちも、部屋で着替えてるのかい？」

「ああ。どうせすぐに昼時だからさ、着替えたらサロンに集合ってことになってる。あいつのことだから、行きがけにオレを誘うと思うからさ」

「急いで行くから、ちょっと待ってて」

「了解。ちゃんと待ってるから、急ぎ過ぎて転ぶなよ」

「転ばないよ、失礼な」

歩き始めたばかりの幼児じゃあるまいし。

と、言ってるそばから、廊下の継ぎ目に躓《つまず》いた。

「うわ」

なるべくちいさく動揺したのに、

「ほらな、予想的中」

ギイが笑う。

「じゃ、後でね」

ぼくはぷつっと通話を切ると、ちゃんと足元を確認しながら、廊下を走った。

……恥ずかしい。

大挙して押しかけて、大丈夫なんだろうか？

と、ぼくが疑問を呈するチャンスもなく、

「ミヨさん、これが、宝物でした！」

真行寺が可能な限り汚れを落とした木の箱を、恭《うやうや》しく、ミヨさんへ差し出した。

「まあ、ありがとう」

それを両手で捧げ持つように受け取って、ミヨさんがゆっくりと、箱を胸の前へと引き寄せる。

サニーハウスの710号室、ミヨさんの部屋へ宝物を届けるだけだというのに、真行寺に便乗して、好奇心旺盛《おうせい》のギイに章三に聖矢さん、雅彦さんまで加わって、あ、ぼくもだが、そしてどういうわけか（そんなに物見高いタイプではなさそうなのに）京古野さんまで一緒になって、訪ねて来ていた。

あまりの大人数に、狭くはないはずの室内が、やけにきちきちの印象だ。

ミヨさんのケータイへも発掘ルポを送っていたらしく、ミヨさんはそのお礼をギイへ告げ、ひとり増えた新顔の聖矢さんと挨拶を交わし、

「孫が大勢、遊びに来てくれたようで、楽しいわ」

と、ぼくたちを歓迎してくれた。

「宝物が鍵ってことは、宝箱とかがあって、それを開ける鍵ってことっすかね？」

真行寺が素直な推理をする。

「館の遺品にそのようなものって、ありましたか？」

ギイが京古野さんへ訊くと、

「鍵のついた箱どころか、あの館には建物の扉にすら鍵がないよ」

京古野さんが笑った。

それはそうか。その昔、島全体が九鬼翁の持ち物で、館の住人以外、島に人はいないのだ。不審者は基本、海を渡らねばならないのである。普通の民家ですら鍵もかけずに出掛ける生活をしていた頃に建てられたものだし、況《ま》して街中にあるわけでもないのだから、どの扉にも鍵がないと聞いても、驚くようなことではないのかもしれない。鍵らしい鍵といえば、海の道から上がってこられる北門の、あの大きな鉄の扉の内側の閂《かんぬき》ぐらいか。

ちなみに、室内にいる時に中からしか施錠できないが、いくつかの客室に鍵を付けたのは、京古野さんの、客人への配慮らしい。——大人の、配慮だ。

「だったら、秘密の隠し扉の鍵っすかね！」

ちいさい頃は冒険小説の愛読者だったのではあるまいか、という発想をした真行寺。おそらく気楽なノリで言っただけなのであろうが、その場の大人が全員黙った。——京古野さんと聖矢さんとミヨさん、である。

こと、ここに至って、ようやくぼくは、聖矢さんの存在の違和感に、気がついた。

今、ここに彼がいる、という意味ではなく、この数日、というか、九鬼島や九鬼翁の館に、とても関心を持っていた、という現実に。

聖矢さんの職業って（ギイに固く口外を禁じられているが）、麻薬Gメンなんだよね。多忙な中、佐智さんのために力ずくで連休をゲットしたのだと説明されたが、実際は、どうなんだろう。

だって、昔、九鬼翁には麻薬密輸取引の噂があったって、ギイ、言ってたよな。

では京古野さんは？　彼も麻薬に関心があるのだろうか。

ミヨさんは、つまりは当時の生き証人でもあるミヨさんは、なにか、誰も知らない秘密を知っているのであろうか。

「あ、西の塔、とか？」

愉しそうに章三が相槌《あいづち》を打つ。「閉ざされた西の塔へと続く扉かも」

「もしあるとしたら、果たして扉はどの部屋に？」

ギイもふたりへ相乗りする。

そこへ、ノックと共に三洲が現れた。

「――なに」

室内の、あまりの人数の多さに、三洲が目を丸くする。

「よ、模試、お疲れ、三洲！」

陽気に声をかけたギイへ、

「暇だな、崎」

例の如《ごと》く皮肉を返して、「床が抜けたら弁償しろよ」

ミヨさんへと歩いてゆく。

「抜けたらな」

どこまでも陽気なギイは、にこやかに返して、「ミヨさん、鍵の謂《いわ》れってあるんですか？」

ミヨさんへ訊いた。

「さあ……。埋めたのは、跡継ぎの自分にとってとても大事な物なんだよ、とは前以て聞いておりましたけれど、それが鍵だとは思いもよらなかったですから」

「え？ってことは、これがすごく大事な鍵だとして、そんな大事な物が何十年も紛失したままで、それでも問題なかったってことですか？」

首を捻《ひね》るぼくに、

「単なる象徴かもしれませんから」

ミヨさんが言った。「王様の冠のように、あの家ではこの鍵が、実用ではなくとも、受け継がれてゆくもの、だったのかもしれません」

「なーるほど」

真行寺が納得する。

「確かめてみてもいいですか?」

口を開いたのは、京古野さんだった。

「はい?」

「確かめてみたいことがあるんですが、この鍵を、お借りしても良いでしょうか?」

その申し出には、さすがにミヨさんは眉《まゆ》を曇らせた。

約束から何十年もの歳月を経て、ようやく手元に届けられた亡き恋人からの贈り物である。鍵そのものにどんな価値があろうとも、ミヨさんにとってはおそらく意味のないことなのだ。

ミヨさんが、ふと、三洲を見た。

見られた三洲が、はた目にもはっきりと、身構えた。


「――ありえない」

怒りにも似た三洲の呟き。

三洲を加えた民族の大移動は、サニーハウスからボートの繋《つな》がれた井上邸の船着き場へ、またしても井上家から拝借したワゴン車に、定員八名きっちりと乗って、向かっていた。

「聖矢さん、途中下車します?」

意地悪いギイの問いに、

「夕食までまだ大分時間があるから、また島まで行きたいんだけどな」

穏やかに、聖矢さんが応える。「それに、まだ佐智は洋館の方でリハーサルの最中だろうから、母屋にいても俺はすることがないよ、義一くん」

ギイは、仕方なさそうに、

「ま、そうかもな」

と同意した。

ギイの聖矢さんに言わんとする点は、常に同じだ。たまにしか会えないんだから、一緒にいられる時くらいはベッタリ一緒にいたらどうだ。である。

恋人との時間をことさら大切にする感覚も、ギイならではと言うか、ギイがアメリカ人だからではあるまいか。

そのポリシーを実践して頂いているぼくとしては、やはり、嬉しいけれども、ぼくが主導権を握ってそういうふうにエスコートしなさいと言われても、うまくやれる自信は、正直言って全然ない。

あからさまにベッタリなんて、照れるよね、普通はね。

気がつくと、雅彦さんが緊張したように表情を僅《わず》かに強ばらせていた。——もしかして、聖矢さんが口にした『洋館の方でリハーサル』が原因だろうか。

到着した井上邸を見ないようにして、急ぎ足で船着き場へと駆けてゆく。

そうか、徐々に、きてるのか。

雅彦さん対策でリハーサルを九鬼島でやったのは、確かに正解かもしれない。こちらでもしやっていたら、本当に逃げ出してしまったかもしれない。

「ここは？」

三洲の問いかけに、真行寺がしたり顔で説明する。

「……へえ、井上佐智って、崎の友人なんだ。それで去年の音楽鑑賞会……、生徒会の快挙の裏にまたしても崎、か」

複雑そうな表情で、誰へともなく言う。

ぼくは、ちょっと、どきりとした。今年の三洲が仕切った音楽鑑賞会も、こっそりとギイが手を回した部分がある。もちろん、そのことを知っているのはぼくと章三くらいで、あ、相楽《さがら》先輩はもしかしたら知っているかもしれないが、ともかく、誰にも内緒にしていたのだが、どうなのだろうか？　勘の良い三洲、ばれてるだろうか？

その三洲へ、ミヨさんから託された鍵。

『あっくんに任せるわね、お願いね』

頼まれた時の、三洲の困惑の顔。

そんなにミヨさんに頼み事をされたのが嫌だったのかと、こっそり訊くと、そうではないと三洲は応えた。むしろ、祖母の頼みだから引き受けたんだと、三洲は言った。でなければ、つきあう義理は俺にはないと、断言された。

「でも、なんだかだで、つきあってくれるんだよな、三洲くんて」

模試の後、こうして伊豆へ駆けつけてくれたように。

責任感が強いから途中で放りだせないだけなんだ、と、真行寺が三洲について語ったことがあるが、存外それだけでもなさそうだ。

三洲って本当、屈折してる。

だがそういう彼が、ぼくはけっこう、好きかもしれない。

「明日いよいよ本番だってのに、なんか託生、やけにリラックスしてないか？」

船着き場への道々、ふと、ギイに声を掛けられた。

さりげなく、ぼくの隣へ並んだギイへ、

「え？　そう？」

訊くと、

「ほんの数日前まで、落ち込んだりやさぐれたりしてたよな」

「うん」

「もう立ち直ったのか？」

「うん」

「去年とはえらい違いだ」

笑うギイに、ぼくも笑う。

「うん、ちょっと違うかな」

去年のぼくは、サロンコンサートがゴールだと思っていた。脇目もふらず、ゴールまで全力で走りきることしか考えてなかった。

でも、今年はそうじゃない。——大切なことは、それだけじゃないと気がついた。

それに、

「なに？」

柔らかく、ギイが訊く。

「ギイのおかげで、去年より、少しは成長できたってことかも」

ぼくが言うと、

「へえ」

ギイはわざとらしく眉を上げ、「そいつはびっくりだ」

言いながら、こっそりとぼくの頬へキスをした。

「ちょっ――」

みんな、いるのに！

慌てるぼくへ、

「いいじゃん、減るもんじゃなし」

ギイが笑う。

そういう問題じゃないだろ！

ぼくが何度となく出入りさせていただいた（ついさっき、午前中にも入ったばかりの）京古野さんの部屋は、前の館の持ち主である九鬼翁が、生前自室として使用していた部屋で、ギイ先生の推理によると、

「最もアヤシイ」

部屋である。

訂正。

「最も可能性の高い部屋だよな」

ギイの推理の根拠というのが、「使用人にも入室禁止を敷いてたんだぜ。秘密を隠すのに最も適した部屋だよな」

だ、そうである。

うん、そうかも。

あれ？　でも確か、子供の頃、その部屋に勝手に入って、佐智さんとかくれんぼしてたんじゃなかったか、この男は？

「ねえ、実はかくれんぼしてた時に、何かみつけてた、とか？」

ただの推理じゃなくて、何か知ってる、とか？

九鬼島の南の船着き場から二台の電気自動車に分乗して館へ向かう最中、ぼくがこっそり訊くと、

「ん？」

ギイはしらじらしく、ぼくの顔を覗き込む。「んー？　どうだったかなー？」

「義一くんは、本当に神出鬼没だね」

電気自動車の助手席に座る聖矢さんが、後ろの席の章三を含むぼくたち三人へ、笑いながら

振り返った。「顔が広いというか、なんというか」

「そうですか？」

すまして応えたギイへ、

「九鬼老人が健在の時に、あの館へ訪れていたとは稀少《きしょう》だよ。あまり人づきあいをしなかった人のようだから」

「それを言うなら佐智の方でしょう。別荘が近いってこともあるかもしれませんけど、あいつの方がオレより多く、ここへは来てる」

「でも、きみの方が館のことは詳しいと、佐智が言ってたよ」

聖矢さんが続けた。

「――へえ」

静かに頷いたギイは、「山田さんも、オレとは別のルートで、特別な情報、握ってたりするんじゃないですか？」

「そんなことはないよ」

「山田さんも、ギイに負けず劣らずの情報通なんですか？」

愉しそうに章三が訊く。

そうか、ギイ、相棒にも聖矢さんの素性を伝えてないのか。――つくづく、口の固い人である。

「俺はたいしたことないよ」

「大木さんのアシスタントということは、佐智さんのマネージメントもしてるってことですよね？」

章三が訊く。

大木さんのアシスタント？

ああ、聖矢さんの肩書きって、そういう触れ込みになってるのか。

「まだ見習いだから、たいして役には立たないけれどね」

苦笑した聖矢さんへ、

「そんなことはないですよ。井上さんが、全幅の信頼を置いてますよね」

さらっと続けた章三に、ぼくとギイは思わず顔を見合わせた。

「え、そうかな？」

「はい、そういう感じがします」

さすがだ章三、鋭いぞ。

「侮れないヤツめ」

ギイがこっそり呟いた。――嬉しそうに。

その時、ギイのケータイが着信した。

相手を確認したギイは、

「悪い、話させてもらうな」

狭い空間に詰め合わせた他の人々へ一言告げて、「もしもし?」

電話に出た。

狭い空間と言っても、遊園地のなんとかカーみたいな、ホロの天井は付いているが気分はオープンカーである。それでも声を落として会話するギイに、ついぼくたちも遠慮して、口を噤《つぐ》む。――別に、静かに聞き耳を立てているわけではない、念のため。

「ああ、わかった。そうか、厳しいな、それは。……うん」

話すギイの眼差しが、ぼくたちの前を走る電気自動車へ向けられた。そこには、三洲と真行寺と雅彦さんと京古野さんが乗っている。

登り勾配《こうばい》がきつくなり、運転手がアクセルをぐっと踏み込んだ。

急な加速と登りの傾斜に、みんなの体が大きく揺れた。

「おっと」

背凭《せもた》れにどんと背中をぶつけながら、さりげなくギイがぼくへ肩を寄せる。

ギイの耳に当てられたケータイが、ぼくの耳のすぐ脇にあった。

「早速に離婚の手続きが進められているそうです」

島岡さんの声が洩《も》れ聞こえた。

離婚？　じゃ、やっぱり……。

「わかった。詳しい話はまた後でな」

言って、通話を切ったギイは、ぼくを横目で見ると、「今の、聞こえた？」

と訊いた。

「ごめん」

聞こえちゃいました。

苦笑したギイは、

「託生とも後で話さないとな」

人差し指を口の前へ立てる。

わかりました。誰にもしゃべるな、ですね。

そうなると、雅彦さんは、どうなるんだろう。

ぼくはぼんやりと、前方を眺めた。――楽しそうに真行寺となにやら話している、小柄な雅彦さんの背中を。

『――そうか、厳しいな、それは。……うん』

ギイの相槌《あいづち》。

そうなると、どうなるんだろう。雅彦さんもだけれど、乙骨寄彦も、気掛かりだった。

『厳しいな』

と、ギイが言うのだ。

それはかなりのものに違いない。

つい溜め息をこぼしたぼくに、

「こらこら」

ギイがこっそりと、肱《ひじ》でぼくの脇をつついた。

「あ、ごめん」

謝るぼくへ、

「大丈夫だって」

ギイが笑う。「どうにかなるさ」

「そうですか？」

楽天家のギイ。

でもあの時から、ギイに言われると本当に大丈夫なような気がした、音楽堂に閉じ込められたあの時から、その一言とギイの笑顔に、ぼくはいつも、ほっとしている。

勝手に気持ちがほっとする。

こっそりギイに寄り添うと、彼の手が、ぼくの手のひらに滑り込んできた。

ぼくの指に指を絡めて、

「大丈夫だって」

もう一度、ギイが耳元へ囁いた。

「うん」

ぼくは大きく頷いて、ギイの手を握り返す。

もし誰かに、ギイと強引に切り離されたら、ぼくはどうなってしまうんだろう。――強引に切り離された乙骨寄彦は、どうなってしまうんだろう。

誰よりも、誰よりも雅彦さんを想っているのに。


「一見、模様のようなんだが、鍵穴に見えなくもないだろう?」

京古野さんの部屋、作り付けの暖炉の枠に縁取りされた、浮き彫り模様。

「よくこんな細かいもの、みつけましたよね」

感心しきりにギイが言うと、

「最初に気づいたのは雅彦だけれどね」

京古野さんが応えた。「このレリーフ、貝が巻いた中心が丸く凹んでいるだけだから、私には模様にしか見えなかったんだが、さっき隠し扉の話題が出た時にこれのことを思い出したんだよ。もしかしたらこの穴の大きさと、鍵の径が、同じくらいかなと」

促されて、三洲が鍵を凹みへと差し入れた。が、

「これ、ただの模様の穴だな。しかも一センチも深さがない」

差し入れた鍵はほんの少し中へ入ったきり、それ以上は一ミリも入らない。

「——なんだ」

残念そうに、京古野さんが息を吐いた。

彼が本当に残念そうなのが、ふと、気になった。

「じゃ、やっぱりあっちか」

ギイが言う。

「なんだよ、やっぱりって」

章三が食いついた。

「前から気になってた事があるんだよ」

「前って、いつだよ」

「子供の頃」

「なんだ、それ」

訝《いぶか》しがる章三をよそに、聖矢さんが廊下へ続く扉を開けると、

「義一くん、どこへ行けばいいんだい」

と訊いた。

それが合図のように、皆が一斉にギイを見る。

ギイは軽く片眉《かたまゆ》を上げると、

「では皆様、西のサンルームへご移動ください」

と、言った。

西のサンルームとは、ぼくが初めて雅彦さんを見かけた場所で、皆で朗読劇『ブレーメンの音楽隊』の練習をした場所でもある。

天井が高くガランと広い、ドーム型の正八角形の部屋。

家具ひとつない殺風景な部屋なれど、びっしり敷き詰められた大理石の床と、石の柱。

「ここの、どこっすか？」

不思議そうに、真行寺が訊く。

どこもかしこもぎっちりとした石造りで、鍵穴が存在する隙《すき》がない。

「よーく室内を見てみろよ。なにか気づかないか?」

ギイが言う。

残念だが、どんなにじっくり室内を観察したところで、凡人のぼくには、なんのことやら、である。

確認したことはないが、ギイのIQがとんでもないと、前に章三が言ってたな。

同じくらいIQの高そうな三洲が、

「もし仕掛けがあるとしたら、可能性があるのは床、かな」

と言った。

「だろ?」

ギイはサンルームの奥へ行くと、「ここだけ大理石の雰囲気が違ってるんだ」

と、床の一部を指さした。

ぼくの目には、ちっとも違って見えないのだが、

「微妙に浮いてる気がするな」

章三が言う。

「床が?」

ぼくが訊くと、

「柄《がら》が」

章三が応えた。

柄？　絵柄とか図柄とかの、柄？　つまり、大理石のマーブル模様のことか？

床へ片膝を突いた三洲が、斜めから覗き込み、

「浮いてるんじゃなくて、一部が削れてるのか」

手にした鍵を、床の、細長いマーブル模様のように見えている部分へと、差し入れた。

それはするっと奥まで入り、

「回せそうか？」

ギイの問いに、

「ああ」

目を上げて頷いた三洲は、鍵を回す。

どこかでカチリと音がした。

が、

「れ？　変化、なし？」

真行寺がぐるりと周囲を見回して、言う。「どこかで隠し扉がぎぎぎーっと開く、とかないっすか？」

ぼくもそれを予想したが、

「どこも開かないねえ」

京古野さんが腕を組んだ。

壁にも床にも、変化なし。

その時、

「浮きそうだ」

三洲が言った。

「え？　空にですか？」

真行寺が慌てて、三洲の肩を両手で抑える。

「違うよ」

思わず吹き出した三洲は、

「崎、どう思う？」

ギイを手招きして、自分の場所と入れ替わる。

鍵を手にしたギイは、

「確かに、浮きそうだ」

言うと、「京古野さん、この床石、一枚だけ浮きそうなんですけど、試してみていいですか？」

京古野さんへ確認した。

一枚が五十センチ四方くらいの大理石の床石。ひとつひとつが厚みのある石ではなく、薄くスライスしたものを敷き詰めていることくらいは、建築に詳しくないぼくでも知っている。

「そこだけ外れそうなのかい？」

「はい」

「いいよ、最悪、割れてもいいから」

「ありがとうございます」

では。

と、ギイが力を入れると、鍵を把手にしたように、厚さ数ミリの床石としての石板が、一枚すっと持ち上がった。

抜けた正方形の空間に、今度は鉄板。

「ドアかな」

覗き込んで、京古野さんが言う。

「開けると地下へ続いていそうですね」

と、聖矢さん。

「かなり錆《さ》びてる感じだが、開くのか、崎？」

三洲に訊かれ、

「試してみるか」

ギイは平らに寝ていた把手を起こし、「よいせっと」

手前にぐっと持ち上げた。

「うわ、重そー」

雅彦さんが、ぼくの腕にしがみついて、様子を窺《うかが》う。

「もしかして、それが西の塔の出入り口か？」

はっと章三が口にする。

「かもな。っと」

ギイはふうーと息を吐くと、「駄目だ、重てー」

「俺、やりますか？」

現役運動部が手を挙げた。

「真行寺、背筋いくつだ？」

「百以上はあると思うんすけど」

「はい、交替」

ギイが手のひらを見せると、真行寺はギイへぱんとハイタッチをして（なんだかやけに嬉し

そうに。——もしかして真行寺、ギイ先輩とハイタッチしちゃったー、とか、後で学校で自慢する気じゃあるまいな?)、

「っせーの!」

両手で器用にちいさな把手を握ると、脇をしめ、引っ張り上げた。

「——逆手ときたか」

章三が呟く。

「なに?」

ぼくが訊くと、

「順手の持ち方より逆手の方が、より力がうまく発揮できるとかどうとか、そういうの、中学のスポーツテストの時とかに、盛り上がらなかったか?」

「……さあ?」

皆は盛り上がっていたかもしれないが、ぼくは常に蚊帳《かや》の外だったので、わからない。

そもそも、順手と逆手の区別すらつかないのだ。いや、自慢にならないけど。

金属が軋《きし》むようなきつい音が続いて、やがて、ぱかんと鉄の蓋《ふた》が開いた。

「彼が駄目ならやろうかと思ってたけど、どうやら出番なしだな」

聖矢さんが笑う。

そうか、聖矢さんも、こういうの、すごそうだ。

「中、真っ暗っすね」

真行寺が下をよく見ようと、目を凝らす。「暗すぎて、深いのか浅いのかも、わかんないっすよ」

「懐中電灯を用意させよう」

京古野さんが言い、席を外した。

「これで、祖母に贈られた鍵がどこの鍵か判明したからな、俺は帰るよ」

三洲のセリフに、

「えっ!?」

真行寺がびっくりする。「これからが山場なのに、なに言ってるんすか、アラタさん！」

「俺には冒険の趣味はない」

「えええーっ、そんなはず、ないっすよー」

「なにを根拠に」

鼻で笑った三洲へ、

「おくりもの、中にあるかもしれないよ？」

雅彦さんがぽつりと言った。

とたん、三洲が、雅彦さんをじっと見る。

あまりにじっと見られて、雅彦さんがぼくの腕にしがみついたまま、半歩、下がった。

「葉山、その人、誰だ？」

三洲が訊く。

「え？　あ、えーと」

いきなりふられて、どこから説明するとスムーズなのか、一瞬わからなくなった。「あ、あれ、一年の乙骨寄彦くんの従兄弟《いとこ》で――」

「乙骨？　1-Aのか？」

さすが三洲くん。彼のクラスまで御存じとは。

「それで、音大の大学院でフルートを専攻してて、今は、京古野さんと一緒に、この館に住んでるんです」

「へえ……？」

どうなのだ？　今の説明で、雅彦さんのこと、ちゃんと伝わったのだろうか？

「従兄弟なのに、乙骨とあまり似てないな」

三洲のセリフに、ぼくとギイはぎくりとする。

さっきの島岡さんからの電話。離婚が進んでいるということは、雅彦さんが乙骨ナントカさんの息子ではないとDNA鑑定で判明してしまったということで――。

「……だって、ヨリちゃん、しっかりしてるから」

おどおどと雅彦さんが応える。

言いながら、いきなり雅彦さんが涙ぐんだ。

――えっ？

ずずっと鼻をすすると、額をぼくの腕に押し当てる。

「うわ、アラタさん、泣かしちゃったよ」

真行寺が言うと、瞬時に真行寺を睨《にら》んだ三洲は、雅彦さんへ向き直ると、

「すみません、泣かせるつもりはなかったんですが」

狼狽《ろうばい》交じりに、謝った。

だが雅彦さんは、三洲の物言いのきつさに涙したわけではなく、

「どうしようたくみくん、ヨリちゃん、まだきてくれない……」

明日に本番が迫ってしまったというのに、ずっと待ち続けている乙骨寄彦がこの時間になってもここにいない現実に、無性に悲しくなってしまったようだった。

井上邸の別荘へ、逃げるように背を向けたあの時からずっと、ナーバスになっていたであろう雅彦さん。乙骨寄彦のことを思い出し、ふっつりと糸が切れてしまったのかもしれない。

京古野さんに一途に恋しているからといって、京古野さんさえそばにいてくれればそれでよし、ということでもないんだな。

ぼくはそっと、ギイを見る。——ギイ以外に、ぼくにとってこんなふうに大切な人って、いるだろうか。

どう考えても、ぼくの視界はギイひとりで一杯になってしまう。

ギイひとりだけでいいなんて、我ながら、けっこう慎ましいじゃないか。

いや待てよ、それともギイに、ひとりでも充分な存在感があるってことか？

む。そっちっぽい気もするぞ。

「なにさっきから、ひとり百面相してるんだよ、葉山？」

気持ち悪いぞ、と、章三にからかわれ、ぼくは慌てて真面目な表情を作った。

ぼくにじっとしがみついていたものの、心配そうに雅彦さんをみつめている三洲に気づいてか、雅彦さんは目を上げると、必死に涙を飲み込みつつ、

「さっきは、泣いたりして、ごめんなさい」

ちいさい声で、三洲へ言う。

「いや。こちらこそ、きつい言い方して、すみませんでした」

決してきつい言い方をしたわけではないと思うのだが、元々心細くていたところへ、三洲が

身にまとっていた不機嫌そうな雰囲気に、すっかり気圧《けお》されてしまったのかもしれない。

また折悪しく、乙骨寄彦の名前をぼくが出してしまったのだ。

ということは、引き金を引いたのは、もしかして、ぼく？

しまった。

「もうへいき」

雅彦さんが、笑顔を作る。

ようやくほっと息を吐いた三洲は、ふと、

「在籍しているのって、音大の大学院なんですか？　付属の高校とか中学ではなくて？」

と訊いた。

雅彦さんの外見は、確かに幼い。下手をすれば、真行寺より幼い感じだ。だがしかし、

「三洲くん、失礼だよ」

慌ててぼくが言うと、三洲は、え？　とぼくを見て、

「本当に、年上？」

ギイに訊く。

そうだよね、その軋轢《あつれき》ゆえに、雅彦さんの紹介をぼくにふった三洲なれど、正確な情報が欲しいとなれば話は別だよね。

うーんどうやら、親しみは感じてもらっているものの、信用度に於《お》いては、ぼくはギイには負けるらしい。

ギイは黙って、ぴっと人差し指を上に立てる。

「そうなんだ」

ようやく納得した三洲は、「こんなにあどけなくて素直だから、俺はてっきり」と、正直な感想を口にした。

それにしても、あっさり打ち解けた真行寺といい、三洲といい、あ、章三もそうだったが、彼らはぼくにすれば驚くほどすんなりと、雅彦さんの個性を受け入れてしまった。許容範囲のその広さ、見習わないといけないかも。

「すまない、大分待たせてしまったね」

京古野さんが使用人をひとり従えて、急ぎ足でサンルームへ戻ってきた。「屋敷中の懐中電灯を全て掻《か》き集めてもらったんだが、全員には行き渡らない数しかなくて、申し訳ない」

ということは、全員で、地下へ潜ると言うことか？

京古野さんも？

「あのう京古野さん、差し出がましいかもしれませんが、明日サロンコンサートですよね？　探険なんかして、万が一、指にケガしたらまずいんじゃないかと思うんですけど」

ぼくが言うと、

「いつか誰かにそう指摘される気がしてたよ」

京古野さんが苦笑した。「あーあ、ついに言われてしまったか」

「だとしたら、葉山も留守番だな」

すかさず章三が言う。

「じゃ、雅彦もだな」

京古野さんが笑った。

「ぼくたち、るすばん？」

雅彦さんが、ぼくに訊く。

——あれ？

「三人抜けるんなら、懐中電灯、ちょうど五つでぴったりだ」

京古野さんから受け取った五つの懐中電灯を、章三と真行寺と聖矢さんへ渡したギイは、だが、「どうする？」

改めて、三洲に訊く。

無理強いはしないよ。という、ギイの問い掛けに、

「ちょうど五つでぴったりなんだろ」

言いながら、三洲はギイから懐中電灯を奪うように取った。

「じゃ行ってくるけど、託生、ケータイ」

ギイがぼくのポケットを示す。

「あ、そうか」

地下でも使える、ギイのケータイ。

「テレビ電話、試してやるよ」

「わかった」

急いで取り出し、画面を開く。

「テレビでんわ？」

楽しそうに、雅彦さんが訊き返した。

「もしくは、ライブ中継ですね」

「なまちゅうけい？」

地下では使えないだろうが、西の塔なら、使えるかも。

「最初に誰から行きますか」

全ての懐中電灯の電池の確認を済ませると、ギイが言った。

「ここは俺かな」

聖矢さんの申し出に、ギイは黙って頷いた。

続いて真行寺、その後に三洲、章三が降り始めた時、

「そうだ章三、山田さんにケータイ持ってるか訊いてくれ」

ギイが言うと、

「だ、そうですけど、聞こえましたか山田さん！」

章三が暗闇へと大声で言う。

「持ってるそうです、赤池先輩！」

返ってきたのは真行寺の声だった。

「じゃあ章三の、こっちにくれよ」

「わかった」

数秒後、「ほらよ」

穴からにゅっと手が伸びて、その手にケータイ。

それをギイが、ぼくへよこした。

「どうしてふたつも？」

訊くと、

「取り敢《あ》えず、な」

ギイは言うと、「ふたつとも、立ち上げておけよ」

では。と、自分も降りて行った。


その結果。

「明日、本当に、ちゃんとサロンコンサートできるんでしょうね？」

胡散《うさん》臭げに聖矢さんに訊いたのは、佐智さんである。

「まあそれは、大丈夫じゃないかなあ」

のんびりと応えた聖矢さんは、「京古野氏には、直接関係ないことだし」

忙《せわ》しなく動き回るたくさんの警察官。

島の人口は、あっと言う間に大上昇。

「お、俺、初めて見ちゃいました、ガイコツって」

未だに動揺している真行寺と、

「とんだ贈り物だ」

呆《あき》れる三洲。「なにを考えて、祖母にあんなものを贈ろうとしたんだ」

たくさんの人骨と、積み上げられた、果物が入っていそうなたくさんの木の箱。

という景色が、真っ暗な空間に広がっていた。

サンルームの秘密の通路は、一旦地下へ潜ってから途中でふたつの道にわかれ、一本は西の塔へ続く階段へ、もう一本は更に地下を進んで物見の砦の下あたり、干潮時には薄い隙間《すきま》から小船が出入りできそうな、波が打ち寄せる、地下の港とも呼ぶべき天井の高い洞窟《どうくつ》へと繋がっていた。

西の塔にはなにもなく、更に移動して洞窟に到着した時、こっちのケータイだとうまく電波が受信できないからと、彼らの現在位置の確認をレシーバーを通してギイに頼まれたのだが、ぼくが預かったケータイでも、GPSの光の点滅は、彼らが地下を移動している間はずっと消えていて、だが、連絡を受けてからしばらくして、かろうじて数回点滅した。

そこが海の際、海岸線、物見の砦のあたりだったのだ。

洞窟の中に港があるのも驚きだが、人骨は、更に驚きである。――夢に見そうでオソロシイではないか。

「でも、苔《こけ》とか黒っぽいのがびっしりついてて、あんま臭いはなくて、てか、海の潮の匂いしかしなくって、なんかちょっと映画とかの小道具っぽくて、こう、空間として遊園地の海賊のアトラクションみたいなんすけどね」

話を聞いて怯《おび》えるぼくに、と、真行寺はフォローしてくれたのだが、ぼくとしては、同行しなくて本当に良かったと噛《か》みしめていた。

ギイの報告による面白エピソードとしては、力自慢の真行寺が木の箱を強引にこじ開けて、まあそこまでは良かったのだが、中の物を触ろうとした時、聖矢さんにぴしゃりと止められ、そのあまりの迫力に固まってしまったこと、であろうか。

「しようがないよな、中身、阿片《アヘン》だし。そんなもの、うっかり一般人が触ったら、触っただけで法律で処罰されちまう」

とは、ギイの補足。

なので正しくは、忙しなく動き回るたくさんの警察官と、海保の人々と、数名の麻薬取り締まり官、である。

いい加減立っているのもしんどかったので、ぼくたちは全員、サンルームの大理石の床へてんでんばらばらに座って、事の成り行きを見守っていた。——佐智さんは、ぼくたちを心配して、本日の全ての用事を急いで済ませて、ここへ駆けつけてくれたのである。

思い出すとちょっと笑えるのだが、突如現れた本物の井上佐智に、真行寺が硬直した。

「きょ、去年の音楽鑑賞会で、見てま、ますけど、舞台の上で、遠かったから」

どぎまぎ。

佐智さんの天使の美貌《びぼう》、初対面で、饒舌《じょうぜつ》な章三を黙らせ、真行寺を赤面させ、

「ビスクドールみたいだな」

三洲をやけに冷静にさせた。

ともあれ、影響力は半端ではない。

「――後はこっちでやるから、佐智たちはもう、休んだ方がいいんじゃないか？」

聖矢さんが言うと、

「気になって、どうせ眠れません」

佐智さんが応えた。

そこへ、ケータイを片手にギイがどこからか、戻ってきた。

島岡さんへ、事の顛末《てんまつ》を報告していたのだろうか。

「お帰り、ギイ」

ぼくが言うと、

「ただいま」

ギイは応えて、ぼくの脇へ胡座《あぐら》をかく。「――で？　いつまでここにいるんだって？」

「さあ？」

ぼくが首を捻《ひね》ると、

「だから、もう解散しても大丈夫だと、皆に伝えてくれよ」

困ったように、聖矢さんが佐智さんへ告げた。

「聖矢さんは、どうするんですか？」

佐智さんの問いに、

「俺はここにいるよ、捜索の最中だからな」

「すっかり仕事モードですね」

「終わったら、別荘へ戻るから」

「このまま東京に帰っちゃうんじゃないんですか」

「そんなことはしないよ。俺の休みは、まだ三日残ってる」

佐智さんは無言で聖矢さんを見上げて、やがて細く溜め息を吐いた。

「わかりました」

だが、浮かない表情はそのままで、「人骨の回収って、どれくらいかかるものなんですか」

淡々と訊いた。

「洞窟のあの状態からして、四、五時間くらいだと思うけれどな、どうかな」

「徹夜の可能性もあるんですか」

「先に阿片の回収をしたからな、人骨の方はこれからだから」

たくさんの人骨。殺人なのか事故なのか、は、不明だった。

あの場で亡くなった人もあるかもしれないが、波により、海難事故等で遺体が洞窟に打ち上げられたケースもあるかもしれないから。

「頑張ってください。それじゃ」

佐智さんは立ち上がると、「義一くん」

ギイを呼んだ。

素早く立ち上がったギイは、

「なに」

「玄関までつきあってくれる?」

「了解」

佐智さんとふたりで、サンルームを出て行った。

複雑そうな表情でふたりを見送っていた聖矢さんと、ぼくの目が合う。

いきなり彼が、苦笑した。

「どうやら見捨てられたらしい」

「はい?」

よっと立ち上がった聖矢さんに、つられてぼくも、意味もなく立ち上がる。

——見捨てられた?

その時、

「おい、山田！　そこにいるか！」

穴の中から、誰かが呼んだ。

「はい、なんですか」

「検査キット、持ってきてるか」

「ああ、あります」

「奥へ持ってきてくれ」

「わかりました」

応えて、聖矢さんは、「それじゃ託生くん、明日の演奏、楽しみにしてるよ」

ぼくへ手を振り、四角いケースを手に、また地下へと潜って行った。

『すっかり仕事モードですね』

「……確かに」

それにしても。

佐智さんに玄関までつきあってくれと頼まれて、ふたつ返事でついて行ったギイは、やけに嬉しそうだった。

去年、佐智さんの別荘で、早朝の母屋で、佐智さんの頬へおはようのキスをしたギイをうっ

かり見かけてしまったぼくは、ギイこそ実は佐智さんに気があるから、だから聖矢さんのことを必要以上に悪く評価するのではないかと疑ったのだが、幼なじみにしろなんにしろ、あんなに息が合う章三との仲は一度たりとて疑う気にならないのに、なぜか佐智さんだと落ち着かない気分になる。

『お前、まさか佐智に惚《ほ》れてるんじゃないだろうな』

と、常々ギイに冗談交じりにからかわれているぼくだけれど、ギイの中でも充分に佐智さんは特別な存在で、感情の機微に疎いぼくですら、ふたりが揃って消えたとなると、こうしてちょっと落ち着かなくなるのに、

「山田さん、なんとも思ってないのかな」

彼は大人だから、こんなくだらない心配は、「——さすがに、しないか」

しないよな、きっと。

でもさっきぼくと目が合った時、ものすごく複雑そうな表情でふたりを見送ってたぞ、聖矢さん。

「……してるかも」

「なんだい葉山、さっきからひとりでぼそぼそと」

「えっ!?」

いきなり声を掛けられて、ぼくは思いっきり、びっくりした。

「そこまで驚くことはないだろう、さっきからずっと同じ空間にいるのに」

三洲は笑って、「葉山って、考え事に没頭すると、どこか遠くへ旅立つんだな」

「え？　え、そう？」

「旅立ってただろ、今」

「や、そんなに、遠くへは……」

せいぜい、去年の佐智さんの別荘くらいまでしか。

「帰宅していいなら俺は帰りたいんだが、祖母の鍵はどうなるのかな」

三洲が訊く。

俺は、が、単数形なことに耳聡《みみざと》く気づいた真行寺が、

「アラタさん、またしても俺、置いてけぼりっすか？」

情けなく眉を寄せた。

人がたくさんいて、ざわざわしてて、対人恐怖症の傾向のある雅彦さんは逃げるように京古野さんの部屋、寝室へ行ってしまっていたが、

「特にここにいる必要がないなら、葉山、そろそろ部屋へ戻るか？」

三洲たちと一緒にいた章三が、と、訊いた。「真行寺の荷物、僕の部屋に置いてあるしな」

「……そうだね」

ここには、館の、というか、現在の島の主で責任者でもある京古野さんが、ひとり残っていればそれで用は足りるであろうから。

興味津々で様子を眺めていた面々だったが、おそらく好奇心が満たされたのか、それとも、さすがに疲れたのか、

「いっそアラタさん、今夜はここに泊まりませんか？　俺、できればすぐにでも風呂に入りたいっす」

一日暑くて汗だくだったし、探険コースで汚れたし。

「――まあな」

宿泊はともかく、「確かに風呂には入りたい気分だな」

三洲が頷く。

「ここ、屋上に露天風呂があるぜ」

章三がにやりと笑う。

「マジっすか、赤池先輩！」

とたんに真行寺が目を輝かせた。

「お前、本当にその手に弱いな。ものすごい勢いで、食いつくよな」

呆れながらも三洲は、「京古野さんの了解が取れて、うちの親の了解が取れたら、泊まりでもいいよ」

と、言った。

「じゃアラタさん、ぜひとも俺と同室を！」

「お前、赤池と一緒の部屋なんだろ？　そのままでいいじゃないか。俺は別の部屋を借りる」

「そりゃないっすよー、アラタさん」

涙目の真行寺に、三洲が笑う。

「いっそ真行寺のベッドに三洲も寝たら？」

の章三の爆弾発言に、

「はあ？」

本気で驚いた三洲であった。

濡れた髪をタオルで拭きながら、

「赤池って前から、あんなにリベラルな奴なのか？」

三洲に訊かれ、

「う～ん……？」

どうなのだろう。

ぼくは悩んだ。

自由主義かどうかは知らないけれど、風紀委員長を二期連続して任命されるくらいの人なので、基本かなり手厳しいが、存外、素は寛容である。

寛容とリベラルは、同じようなことかな？　別物かな？

悩み続けるぼくへ、

「葉山、もういいよ、おかしな質問をして悪かった」

三洲は笑うと、「崎の親友ってくらいだから、そうなのかもな。それくらいじゃないと、崎とは対等にやっていけないものな」

そうか、そういう考え方もありますね。

京古野さんと、三洲家、真行寺家に、それぞれ宿泊の了解をいただいた彼らは、章三の部屋の更に向こう隣のふたり部屋を京古野さんから提供していただいたのだが、真行寺と一緒に露天風呂なんてとんでもない、と、却下した三洲は（真行寺以外に、ギイと章三も一緒なのだが）、自室の風呂も、いつ何時不届き者が現れるかわからないので落ち着いて入っていられない。と、ぼくのいる部屋の風呂を使っていた。

室内に、風呂上がりの三洲とふたりきりでいると、まるで270号室、寮の部屋に戻ったような気分である。

――なんか、落ち着く。ふう。

客人用のパジャマに着替え、さっぱりとした表情の三洲は、ぼくが座るベッドの端、その隣へ腰を下ろすと、

「葉山、音大を受けるのか？」

ぼくの荷物のひとつである、バイオリンケースへ目を遣りながら、訊いた。

「選択肢のひとつとしては、ありかと思うんだけどね、よくわからないんだ」

正直にぼくが応えると、

「クラシックの世界は詳しくないけど、音大行くと、どうなるんだ？　そのまま演奏家になるのか？　それとも、学校の音楽の先生とかになるのか？」

三洲が訊く。

「教職を取れば高校の音楽の先生になれるんだけど、でも、なにになれるかというよりは、なにになりたいのかという段階、かも」

自分で、自分の希望が、わからない。

「才能があるなら、演奏家になればいいじゃないか」

あっさりと、三洲がおっしゃる。「バイオリン、うまいんだろ？　いつも真行寺が絶賛してるぞ」

「真行寺くんは褒め過ぎだよ」

ぼくが言うと、三洲が笑った。

「あいつ、感激屋だからな」

「うん」

ぼくとしては、そこがありがたい所なんだけどね。

おかげで彼から、元気をもらえる。

ただ、

「――普通にうまい程度だと、演奏家にはなれないと思うんだ」

「葉山の才能の程度はわからないが、なりたくないと思っているなら、それはなれないと同じだな」

ぽんと三洲に言われて、ぼくははっとする。

「……やっぱり、そうかな」

「でも、それでも、音楽を続けたいなら取り敢《あ》えず、音大に進めばいいんじゃないのか？　音大って四年あるんだろ？　その中で、やりたいことが見えてくるかもしれないよ」

「――三洲くん！」

きみは、なんて、素晴らしいんだ。「そうだよね、取り敢えず行くのも、ありだよね？」

目的はまだ定まらないとしても、ぼくはやはり、音楽にかかわってはいたいのだ。

「音大の高い授業料や経費を、親が払ってくれるなら、いいんじゃないか？」

「……訊いてみます」

こんな中途半端な気持ちでも、協力してもらえるか、家に戻ったら両親に訊いてみよう。

ぼくなんかより、よほど真剣に受験に臨んでいる三洲、

「三洲くんて、どこを受験するんだい？」

「俺？」

「進路って、訊いたこと、なかったよね？」

「医学部」

――はあ⁉

「えっ、三洲くん、医者になるの⁉」

「そんなに意外かい？」

「や、じゃなくて、というか、盲点だった。ぼくのまわり、医学部希望者、ひとりもいなかったから」

ギイを始め御曹司人口の高い祠堂、進路は当然、経営者方面がダントツなのだ。

「そんなに驚くようなことじゃないよ。父方の親戚、医者ばかりなんだ」

「三洲家では、普通の選択なんだ？」

「我が家はともかく、父方の親戚には、むしろ祠堂が酔狂という判断」

「ははは。もっと進学に相応《ふさわ》しい高校が、他にたくさんあるものね」

道理で、普通に頭が良いわけだ、三洲くん。

元々のレベルが違うんじゃないか。

「赤池くんは建築関係希望だし、そっかー、卒業したら、ぼくたち全く接点ないね」

「——崎はアメリカへ戻るのか？」

「や、わかんないけど」

「恋人なのに、訊いてないのか？」

「はっきり聞いちゃうと、なんか、自分がぐらぐらしそうで」

自分の方向が定まらないのに、これでギイの進路を聞いたりしたら、それに限りなく影響されて、ぼくは更にぐちゃぐちゃになってしまいそうだった。

「崎がどうするかで、葉山、迷うのか？」

「うん、迷いそう」

「へえ……」

できれば、好きな人と離れたくない。

一緒にアメリカへおいでと言われたら、本音はついて行きたいのだ。

けれど現実問題、ぼくはアメリカで生活する自信はないのだ。——英語、まったくわからないし。

「葉山がそんなだと、心配のあまり、崎、当分アメリカへは帰れそうにないな」

三洲がからかう。

「それはそれで、迷惑だよね」

ギイに対して申し訳ない。

「迷惑、ね」

ちいさく繰り返した三洲は、「まあ差し当たっては消去法で、国内の音楽大学に進学だな、葉山」

と笑った。

消去法……？

「あ、そうか！」

そうだね、「積極的な希望がないなら、残る方法は消去法だ！」

三洲、重ね重ね、頭良い。

ぼくが言うと、三洲が吹き出した。

「葉山、その素直さ、真行寺と同レベルだぞ」

「あのさあ三洲くん、素直って普通、誉《ほ》め言葉だよねえ？　どうしてそんなに笑うんだよ」

「素直と書いて、単純と読む」

「うわ、失礼だなー」

散々笑う三洲へ、ふと、「三洲くんて、どうしてギイが嫌いなんだい？」

訊くと、

「被るから」

即答した三洲に、ぼくはきょとんとしてしまった。

その、返答のあまりの速さと、

「かぶる？」

内容に。

「目の付け所が似てるんだよ。だから、ぶつかる」

「そうなんだ」

それは知りませんでした。

ふたりが似てる印象が、あまりになかったので。

「なのに本質も遣り方も真逆だからな、癪《しゃく》に障るのは仕方ないだろ」

「へえ」

半分同族嫌悪ってこと？

あ。ふたりが被るといえば、真っ先に思いつくのは、相楽先輩！

そうか、そんな感じか。

「ということは——」

目の付け所が同じということは、同じものに価値を見出してるということで、つまり、「真行寺くんは、例外なんだ」

ぼくが言うと、とたんに三洲がむっとした。

「なに？」

低く返され、迫力負けしそうになるが、

「真行寺くんだけ、ふたりの目の付け所が被ってないじゃないか」

「あいつはそういう問題じゃない」

「譬《たと》え三洲くんが見初めたんじゃないとしても、例外は、例外だよ」

三洲に握られた真行寺の弱みも、ふたりの出会いの経緯も、ぼくは知らないけれども、「だって三洲くん、今は真行寺くんのこと大好きだよね」

やってしまいました。

「――へ？」

呆然とする、真行寺。

露天風呂から帰ってきた真行寺は、章三の部屋に戻されている自分の荷物と、内側から鍵をかけられた三洲の部屋に、呆然とした。

ごめん、真行寺。

「あれ……？」

俺、またなにかやっちゃいましたか？

真行寺の目が情けなく、ぼくに問い掛けている。

「ごめん」

ぼくが言うと、

「なんで葉山サンが謝るっすか？」

やっちゃったのは、ぼくです、ごめん。

「三洲くんの地雷、踏んじゃった」

「で、姫君は御機嫌斜めか?」

ギイが苦笑する。

「ごめんね、せっかく真行寺くんが粘って、三洲くんと同じ部屋になったのに」

真行寺の苦労を水泡と帰してしまった。

「はあああ、葉山サンじゃ、しようがないっす。俺、もう、諦《あきら》めます」

こんなことなら露天風呂になんか行ってなければ良かった、と、真行寺が思ったかどうかは定かでないが、

「この罪滅ぼし、いつかきっとするから、本当にごめんね、真行寺くん」

「マジ、気にしないでください。それじゃ、おやすみなさいです」

魂が抜けたまま、真行寺が章三の部屋へ入る。

「——あーあ」

責めるようにぼくを眺めたギイは、「なにやらかしたんだ、託生?」

と訊いた。

「うん、ちょっと」

ついうっかり、本音をぽろりと。

「気の毒だなあ、真行寺」

したかっただろうに。

というギイの呟きは、聞かなかったことにする。

わかってますよ、ぼくだって。

滅多に触らせてくれないと、真行寺が以前、言ったのだ。今夜が稀少《きしょう》なチャンスであったこ
とぐらい、ぼくにだってわかっているからこそこんなに申し訳ない気持ちでいるんじゃないか
ギイのバカ。

ドアを開けて室内に入ると、そのままぼくはベッドに潜った。

「おい、もう寝るのか」

「おやすみ」

ギイへ背中を向けて、目を閉じる。

すると、室内の電気が消えて、ぼくのベッドが僅かに沈む。

「おい、託生?」

囁くように、ギイが呼ぶ。

あんなこと、いつものギイのからかいなのに、どうってことないはずなのに、どうしてか、
やけに腹が立って仕方ない。

玄関へ佐智さんを送りに行ったギイは、玄関どころか、はるばる南の船着き場まで送りに行っていた。

優しいよね、佐智さんに。

フットワーク軽いよね、佐智さんのこととなると。

「なあ、今朝の続きは？」

ギイの指先が、ぼくの肩をそっと撫《な》でる。

それを無視して、じっとしていると、

「わかった、おやすみ」

ギイがベッドから離れて行った。

ギイの重さだけ軽くなったベッドが、戻る。

その揺れを静かに体で感じながら、こうも腹立たしい理由をぼくは探った。

思い出したくもないのに、佐智さんの頰へキスしたギイの、優しく微笑む顔が浮かんだ。

最低な気分だ。

ぼくはベッドから飛び降りると、

「──託生!?」

そのまま部屋を後にした。

「……なーにやってるんだか」

ややか自己嫌悪モードで、まだざわついている館内、ぼくは散歩がてら、賑《にぎ》やかな方角とは反対の、北門の方へと歩いて行った。

ふと、どこからか、ちいさな歌声が聞こえてきた。

「あれ？　これ――」

民謡の『小切子《コキリコ》節《ぶし》』だ。

北門の大きな鉄の扉の片側が開き、石段に、雅彦さんが座っていた。

「こんばんは」

声を掛けると、

「あ、たくみくん」

雅彦さんが、弾けるようにぼくを見上げた。「こんばんはー」

「隣、座っていいですか？」

館内にいると、この島が海に囲まれているにもかかわらず、ちっとも波の音が聞こえないのだが、さすがにここは、波の音も、潮の香りも、強く届く。

少し脇へどいてくれた雅彦さんの隣へ、並んで腰を下ろすと、正面に、真っ暗な海と、夜空の星と、対岸の伊豆半島の夜景とが見えた。

「ここでなにしてるんですか？」

訊くと、

「ゆうすずみ」

雅彦さんが愉しそうに応える。

十二時を回ろうという真夜中に、夕涼みもないものだが、

「あの、さっきの歌」

「こきりこぶし？」

「歌ってもらって、いいですか？」

「えぇー、はずかしいよ」

「なんか、癒《いや》される感じがして、ぜひ聞きたいんですけど」

「ききたい？」

「はい」

頷くと、

「じゃ、ちょっとだけ」

言い置いて、雅彦さんが小切子節を口ずさんでくれた。

歌い終わると、

「たくみくん、この歌、すき?」

「はい、好きです」

「ヨリちゃんも、この歌、すきっていったんだ」

雅彦さんが嬉《うれ》しそうに言った。

「乙骨くんも?」

「家に帰るまえにね、ここで歌ってたらヨリちゃんがきて、さっきのたくみくんみたいに、きて、家に帰るけどすぐにもどってくるって、やくそくしたんだ。なのに——」

雅彦さんは膝《ひざ》を抱くと、膝頭に額を押しつけて、「まだもどってこない……」

涙声で言った。

「でも、乙骨くんがいなくても、京古野さんがいますよ?」

京古野さんへ恋している、雅彦さん。「心強いじゃないですか」

だが、

「アキラさん、ぼくのこと、きらいだよ?」

俯いたまま雅彦さんが言う。

「え？　まさか」

恋しているかと訊かれたらそれは違うと応えるしかないと思うが、けれど、嫌われているなんて、それは絶対ありえない。

「まえは、きらわれてなかったけど、いまは、きらわれてるんだ」

「そんなことないですよ。傍《はた》から見ても、京古野さん、相当雅彦さんに入れ込んでますよ？」

「帰っていいって」

「――はい？」

「帰りたいなら帰っていいって、アキラさんがいった。すきにしていいって」

「前は何て、言われてたんですか？」

「ずーっとここにいなさいって。ずっといていいって、まえはいった」

「雅彦さんにも選択の自由があるよって、そういう意味なんじゃないですか？」

「ヨリちゃんがね、ぼくのこと、せかいでいちばんすきっていってくれてね、せかいでいちばんたいせつっていってくれてね、よくわからなかったから、アキラさんとヨリちゃんとどっちがすき？　ってきかれたときも、よくわからなかったら、ぼく、ちゃんといってないんだ」

「雅彦さんも乙骨くんのこと、すごく大切に思ってるってこと、ですか」

「うん」

『俺は、世界で一番、雅彦が好き。知ってるよね？』

『そのこと、ずっと覚えてて』

『——どんなことになっても、俺は雅彦が世界で一番大切だから。そのこと、ちゃんと覚えててよ？』

「ちゃんとおぼえてるのに、なのにヨリちゃん、帰ってこない……」

九鬼島へ戻ってこられないどころか、雅彦さんが二度と再び乙骨寄彦とは会えないかもしれない現実を、ぼくは思って、切なくなった。

「雅彦さんは、お父さんやお母さんに、会いたくはないんですか？」

訊くと、

「会いたいけど、いまはだめって」

「もしかして、家からなにか連絡があったんですか？」

「このまえでんわで、いまはだめって」

「……そうですか」

「もうじきね、海がひいて、あそこに道ができるんだ」

「あ、知ってます。伊豆半島から歩いて渡ってこられるんですよね」

「ヨリちゃんね、いつもそこをあるいてくるんだ」

え？　じゃ、もしかして。

「雅彦さん、ここで乙骨くん、待ってるんですか？」

「うん」

ゆうすずみ、は、方便か。

あれ、でも確か、干潮はざっと十二時間周期だから、

「道ができるの、午前三時頃？」

もうじきではない、まだ三時間も後である。「けっこう時間、ありますよ？　ちゃんと休まないと、明日はサロンコンサートの本番ですし」

「ぼく、出ない」

「でも明日、乙骨くんが好きなドップラー、吹くんですよね？　乙骨くん、それ、楽しみにしてるんじゃないですか？」

「……あ」

そうだった。と、口を動かした雅彦さんは、だが、「でも、ぼく、ここにいないと。ヨリちゃんきたとき、ここが閉まってたら、はいれないもん」

「うーん……」

乙骨寄彦が午前三時に海の道を渡ってくる可能性はほぼ百パーセントないとぼくは思うが、

だが雅彦さんは彼が来ると信じているし、なのでむろん部屋へ戻る気はないし、けれど、そんな時間まで彼をひとりでここへ残しておけないし、だが部屋へ戻ったとして、万一を考えてここに鍵を掛けずにいるのは不用心だし、うーん、うーん、「――わかりました。ぼくもつきあいます」

「え、たくみくんが？　いいの？」

嬉しそうに、雅彦さんが言う。

「いいです、どうせ――」

ギイのいるあの部屋へ、戻りたくない。

「えへへ」

と笑った雅彦さんは、ぼくの方へ少し寄ると、「ちょっとすずしくなってきたから、たくみくんがいると、あったかい」

真夏にあったかいは、妙だけれど、

「それ、わかります」

高原ほどではないにしろ、ここは夜になると全体的に涼し目だ。

「ヨリちゃん、びっくりするかな」

「ぼくたちがここで待ってたら、ですか？　そりゃ、びっくりしますよ、間違いないです」

「早く、かんちょうにならないかなあ」

「そうですね」

雅彦さんの髪が、柔らかく耳に当たる。

なんとなくふたりで寄り添って、ぼくたちはぼんやりと、夜の海を眺めていた。


「あらあら？」

……あらあら？

遠くで鈴を転がすような、可憐《かれん》な声が聞こえた。

「え——？」

絶句する、男の声。

「びっくりさせるつもりが、こっちがびっくりしちゃったわね、寄彦くん？」

愉快そうに、可憐な声が言う。

——よりひこくん？

って、

「乙骨寄彦!?」

跳び起きたぼくの目の前に、乙骨寄彦の顔があった。

危うく口唇同士がぶつかりそうな彼との距離に、ぼくは慌てて顎《あご》を引く。

同時に身を竦めた乙骨は、

「こ、こんばんは、葉山先輩」

ぼくへペコリと頭を下げた。

「あ、こんばんん、は？」

え？　今、何時だ？　ここはどこだ？

「あー、ヨリちゃんだー」

のんびりと、雅彦さんが言う。「うわあ、ホノカさんもー」

「葉山くんもマッピーも、こんなところでうたた寝してたら風邪ひくわよ」

穂乃香さんが言い、改めてぼくは、驚いた。

「あの、どこから——？」

現れたのだろうか、このふたりは？

「もちろん、海を渡って来たのよ」

見ると、黒い海に一筋の白い線がまっすぐ向こうへ伸びていた。

「お帰りー、ヨリちゃん」

立ち上がった雅彦さんが、乙骨の首に抱きついた。

「遅くなってごめんな、雅彦」

「ホノカさんも、お帰りなさいー」

「ただいま、マッピー」

穂乃香さんは雅彦さんの頭を撫でると、「ところで、私たちがいない間に、大事件発生なんですって、葉山くん？」

ぼくへ訊く。

「事件発生というか、むしろ大発見、ですか」

「なあに、どういうこと？」

「えーっとですね」

穂乃香さんへ、ミヨさんの地図と鍵の謎の諸々《もろもろ》を説明しながら、ぼくたちは、北門を施錠して、屋敷へ向かった。

たったの数日ぶりなのに、痩《や》せた印象の乙骨寄彦。

「もしかして、雅彦、あそこで俺のこと、ずっと待っててくれたのか？」

「うん」

頷いた雅彦さんへ、たまらずに、乙骨は雅彦さんをぎゅっと抱きしめる。

「わわわ」

いきなりの抱擁に、「くる、くるしい、ヨリちゃん」

雅彦さんは乙骨の胸を叩くが、すごく嬉しそうだった。

「あ、ごめん」

乙骨は急いで雅彦さんを手放して、だが、笑顔のまま自分を見上げる雅彦さんに、ふっと肩の力を抜いた。

「あのねえ、ぼく、ヨリちゃんにはなしがあるんだ」

「あ、——うん」

「ぼくもねえ、ヨリちゃんがせかいでいちばんたいせつだよ？」

「あー、うん」

「アキラさんより、ヨリちゃんがすきだよ？」

「あー、……え？」

え？ の、口の形のまま、乙骨が固まる。

「せかいでいちばん、だいすきだよ？」

「雅彦……？」

うっかりと、乙骨の目から涙が落ちた。

ぼくと穂乃香さんは、ふたりを残し、急いでその場を離れて行った。

「マッピーの天然告白攻撃に、寄彦くん、撃沈ね」

「ですね」

重そうな穂乃香さんのボストンバッグを、彼女が使っている部屋まで運んだぼくへ、

「ありがとう、託生くん」

礼を述べた穂乃香さんは、「どうしたの？」

ぼくに訊いた。

「なにがですか？」

「託生くん、落ち込んだような顔してる」

「や、落ち込んではないです」

「そう？　ああ、もう四時かあ。これから寝て、サロンコンサートまでに起きられるかなあ」

「って、午後三時のスタートですよ？」

まだ十時間以上ある。

「なんかねえ、ここ数日、いろいろ大変だったのよ」

ベッドに座った穂乃香さんは、大きく伸びをすると、「寄彦くん、拉致《らち》してきちゃった」と、笑った。

「――は？」

らち？

「寄彦くんがハンストしてまで抗議してるのに、あそこの親戚連中ったら無視するから、あったまきて、陣内《じんない》さんと結託しちゃった」

「陣内さんって？」

「寄彦くんの父親の秘書」

ああ、ギイでいうところの、島岡さんか。

「マッピーの両親が離婚するにしたって、そんなの、寄彦くんとマッピーには何の関係もないのにね」

「従兄弟の関係じゃなくなるって、ギイから聞いてるんですけど」

「戸籍上はそうかもしれないけど、寄彦くんにはマッピーが必要なのよ。従兄弟であろうと、なかろうと」

「……そうですね」

「葉山くんも座ったら？」

穂乃香さんが、部屋の隅に立ったままのぼくへ、もう片方のベッドを示した。

お言葉に甘えて、ぼくはベッドへ腰を下ろす。

「ギイから他に、なにか聞いてる？」

「なにかって、なんですか？」

「マッピーの母親のこととか、んー、昔のこととか」

「精神的にどうとか、というのは、聞いてますけど、昔のことって――？」

「マッピーの実の父親が誰か、とか」

「いいえ、全然」

そんな話は、聞いていない。

「これはただの偶然なのか、こういうのを運命の巡り合わせというのか」

穂乃香さんは、ベッドにばたんと仰向けになると、「人生って、ミステリーよねえ」

天井に向かって、呟いた。

「穂乃香さんは、雅彦さんの本当の父親が誰なのか、ご存じなんですか？」

「確かめてはいないけれどね」

「あの、聞いてもいいなら――」

「九鬼泰介《たいすけ》」

くき、たいすけ。

くき？　――九鬼？

「それ、九鬼翁のことですか？」

「違う違う、九鬼老人の次男の名前よ」

んー、確か、ギイに説明されたぞ。九鬼翁には息子がふたりいて、年の離れた長男と、次男と――の、次男のことか？

「え、あの、つまり――」

「華世夫人が、昔つきあってたのよ、九鬼泰介と。もちろん、不倫の関係でね」

「それ、調べたんですか？」

「華世夫人のことを調べてたわけじゃないんだけれど、別件の調べ物をしていたら、そこから彼女の名前が出て」

「じゃあもし、雅彦さんが本当に九鬼翁の孫だとしたら、どうなっちゃうんですか？」

「厄介よねえ。財産、全部処分されてるのよ。今更、ねえ？」

「この島の相続権、雅彦さんにあるってことなんですか？」

「そういうことは専門家に訊かないとならないけど、厄介なのはね、九鬼泰介の最初の奥さんが、夏《なつ》さんていうんだけど、政略結婚で嫁いできた人でね、当時、この界隈《かいわい》の人たちから『さらわれた花嫁』ってこっそり呼ばれてたんですって。正確には、さらわれてきた花嫁、なんだけど。夏さんて、京古野さんの父親の姉なの」

「……はい？」

ということは、京古野さんの伯母さんが、泰介さんの最初の奥さん？

「でも、血は繋がってないのよ。昔はよくあったそうなんだけれど、夫婦にずっと子供ができないでいると、奥さんが離婚されるか、親戚の子供を養子縁組みするのよね。京古野家もそんな感じで、ただ万が一、ゆくゆく子供ができた時に問題にならないよう、女の子をもらったんですって。それが夏さん。その数年後に、これまたよくある話らしいんだけど、養子をもらうと実子が生まれるって、そのケースにはまってね、耀クンの父親が生まれたの」

「あの……、物見の砦《とりで》の、お地蔵さんのひとつが、次男の最初のお嫁さんと、彼女が身ごもっていた赤ちゃんって、聞いてるんですけど」

「ねえ？　因縁めいた、話でしょ？」

「……ですね」

「でね、当初、京古野家では器量よしの夏さんと、年下だけれど耀クンの父親とをね、結婚させるつもりでいたんですって。でも一目惚《ぼ》れした泰介さんに懇願されて、——山のようにお金を積まれて、旧家の家柄とはいえそんなに裕福ではなかった当時の京古野家は、夏さんをこの島へ嫁がせたのよ」

「そうだったんですか……」

「ところがね、嫁ぐ前に、既に夏さんは妊娠していたらしいのね」

「妊娠って、え、誰の子供をですか？」

「そこよ、葉山くん」

穂乃香さんは人差し指を天井へ立てると、「噂では、九鬼泰介に嫁がせる前に、内々で、夏さんは耀クンの父親と夫婦になっていたらしいの。でも、そんなこんなでお金に負けて、夏さんとしてはなんだか人身御供よね、子供を産んでから、嫁いだらしい、と」

「だとしたら、京古野さんの本当の母親って――」

「夏さんかも、と、私は推理してるのよ」

「じゃあ、ここは、京古野さんにとって、母親の亡くなった場所ってことですか？」

「かもね」

「だとしたら京古野さん、この島のこと、九鬼翁のことも九鬼泰介のことも、憎んでいるかもしれないって、ことですか？」

「ありえるわよねえ」

「……雅彦さんは？　本当に父親が九鬼泰介だとしたら――」

「ねえ、複雑よねえ」

穂乃香さんは大きな溜め息を吐くと、「でも、マッピーのことは、出会った頃は知らなかったんだと思うのね、耀クン。でも、この島に移ってから、なーんか変わっちゃったのよねえ」

『まえは、きらわれてなかったけど、いまは、きらわれてるんだ』

そうだ、そう言ってたよ、雅彦さん。

「何かのきっかけで、知っちゃったのかなあ。可愛がってたマッピーが、実は、憎い男の息子かも、ってこと」

「でも、まだ確かめては、いないんですよね？」

「そうよ、物的証拠はなし。状況証拠ばかりなの。――耀クン、実の母親が自分と父親を捨てて、金持ちの男へ乗り換えたって、そう思っていそうなのよね。あの人の女性不信、そこからきてる気がするのよ」

「京古野さんて、女性不信なんですか？　穂乃香さんとつきあってたのに？」

「だから別れることにしたのよ。どうにかしてあげたかったのに、どうやっても、どうにもならないんですもの、耀クン」

そうだったのか。それが別れの、本当の理由か。

「葉山くんの友人のおばあちゃま、ミヨさんの恋人って、長男の啄馬さんでしょ？　もし彼が生きてたら、随分と違っていたでしょうにね」

「そうなんですか？」

「次男の泰介さんは、父親に性分がよく似たきつい感じの息子さんだったらしいけど、長男の啄馬さんはね、なんだっけ？　あのおじいちゃん、なんて表現してたかな。んーと、仏様？　あ、菩薩《ぼさつ》様？　観音《かんのん》様？　あれ？　あ、ごめんなさい、なんかそういう優しいというか、あったかい人柄の息子さんだったんですって。正義感も強くてね、彼の代では九鬼島もかなり雰囲気が良くなるんじゃないかと、対岸の村では評判だったそうよ」

「……洞窟《どうくつ》でみつかったの、阿片らしいんですけれど」

「つくづく物騒な島よねえ。だからね、啄馬さんが崖から落ちた時、啄馬さんを疎ましく思ってた九鬼老人の悪い取り巻き連中に、崖から突き落とされたんじゃないかって、噂が立ったんですって」

「え、実際は」

「謎よ、謎。この島、物騒な噂には事欠かないのよ。夏さんにしたって、お嫁さんが物見の砦に用なんかあるわけないじゃない。なのにあそこから落ちたから、やっぱり、事故にみせかけた他殺かもって、噂になったらしいわよ」

「京古野さん、どこまでわかってて、この島を購入したんでしょうか」

「さあねえ。でも、なんにも知らずに、ラングの建物だけを狙って、とは、とても思えないわよねえ」

「……はあ」

「あ、ごめんなさいね。今日、本番なのよね？　耀クンの伴奏で、葉山くん、バイオリン弾くのよね」

「や、もう、いいです」

どうせ睡眠不足だし、どうせ気掛かりなことは他にもあるし、佐智さんの顔だって、まともに見られるかわかんないし、ギイには会いたくないし。

「それにしても、葉山くんて不思議よね」

「——はい？」

「あなたって、聞き上手の天才なの？　私、うっかりぺらぺらしゃべっちゃったけど、耀クンにも、ギイにもこの話、してないのよ？」

「そうなんですか？」

「それに、あなたさっき、マッピーと居眠りしてたわよね」

「あ、眠るつもりはなかったんですけど、いつの間にか、すみません」

「ううん、謝ってもらうポイントじゃなくて、マッピー、熟睡してたんですけど？」

「それが――、え？」

「私が起こすまで、確かに熟睡してたのよ。ただひとり、この世で耀クンじゃないと熟睡できなかったマッピーが、葉山くんでも大丈夫かも、なのよ？」

「ああ、そうか」

眠ると悪い夢ばかり見て、熟睡できない雅彦さん。「そうでしたね」

「葉山くんて、なにものなの？」

「あ、普通の、高校生です」

「普通の高校生が、あんなにギイを夢中にさせるの？」

「いや、ぼくは――」

ギイには他にも、特別な人がいるのだし。

「だってギイって、まだあんなに若いのに、恋愛に関しては既に海千山千なのよ？　来る者拒まずだったのに、今のあの、身持ちの堅さ！　日本に留学したとたん別人みたいになっちゃって、ニューヨークの彼の友人の間でも、どうしたことだと一時期騒然としたものよ」

「……はあ」

そうなのか？

「でも私、なんとなく、わかったかも」

穂乃香さんは言うと、寝転んだまま顔だけぼくへ向けて、「葉山くんの不思議な魅力の虜《とりこ》なのね、今のギイは」

「そんなもの、ぼくにはないです」

「自覚がないのが、また良いわ」

にっこり笑うと、「だから、早く仲直りしなさいね」

と、言った。

「——え？」

「そのベッド、朝まで使ってもかまわないけど、そんなことしたら、私、ギイに殺されちゃうから」

悪戯《いたずら》っぽく目を細めて、「そろそろ部屋へ戻ってあげたら？　きっと、眠れずにいるわよ、ギイ」

「……そんなこと、ないと思います、けど」

「じゃあ賭ける？　ギイがまだ起きてる方に、私は千円」

「賭《か》けは、ちょっと……」

嫌いなのだが、「あー、じゃあ寝てる方に、ぼくは千円」

「オッケー、成立。結果報告よろしくね、葉山くん」

言うなり、洋服のまま、穂乃香さんはさっくりと眠りに落ちた。

穂乃香さんの部屋のドアを開け、薄暗い廊下に出るなり、ぼくはびくりとした。

そこに人影。

甘い花の匂いが強く香って、

「託生」

ぼくは人影に、きつく抱きしめられた。

「こ、こんな所で、なにしてるんだよ、ギイ」

「お前が穂乃香さんの部屋から出て来るの、待ってたんだよ」

「やめろよ、ストーカーじゃあるまいし」

「……悪かった」

ギイはそっとぼくを離すと、「託生が、あの道から帰っちゃいそうな気がして、心配だったんだよ」

と言った。

「この格好で？　寝間着にしているTシャツと短パンで？」

「そうだよ」

「部屋の荷物、全部置いて？」

「そうだよ。なにもかも、オレが渡したバイオリンも置いて、だよ」

ギイは曖昧な笑みを作ると、「なあオレ、なにかした？　託生がそんなに怒るようなこと、なにかしたか？」

「してないよ」

したかもしれないが、もう、どうでもいい。

「託生……」

「廊下でいつまでも話すようなことじゃないだろ」

ぼくはギイの手を振り払うと、部屋へ向かった。

ギイの、ぼくへの気持ちを疑っているわけじゃない。

でも、信じているわけでも、ない。

況して、佐智さんを特別扱いしないでくれなんて見当違いのこと、絶対に言えない。

腹立たしさだけが、ぐるぐると胸の中にある。

部屋に戻って、ベッドに入る。しばらくして、そっと部屋に入ってきたギイは、そのまま自分のベッドへ向かった。

真夏の気の早い太陽が、室内をゆっくりとまばゆい明るさで満たしてゆく。

こんな状態で、今日ぼくはバイオリンを弾くのか？

なにもかもを投げ出したい気持ちになったのは、生まれて初めてだった。


このまま、今日一日、寝ていたい。

「たくみくん、たくみくん」

ゆらゆらと、肩を大きく揺すられて、「ねえ、もう起きてしたくしないと、サロンコンサートにおくれちゃうよ？」

目を開けると、雅彦さんがいた。

「……雅彦さん、サロンコンサートに出たくないって、昨夜、ぼくに言いましたよね？」

寝ぼけ眼でぼくが言うと、

『ぼく、出ない』

「うん、いったけど、でも、ヨリちゃんが楽しみにしてるから、出ようねって、たくみくんがいったから」

「一緒にさぼりましょう」

「ええええーっ？」

マンガのように可愛らしく驚いた雅彦さんは、「どうしたの、たくみくん？　もしかして、お腹痛いの？」

本気で心配そうに、ぼくの顔を覗き込んだ。

もういっそ、腹膜炎でも食中毒でも、かかってしまいたい。

「ぎいちくんも、しんぱいしてたよ？　ずっとね、なきそうな、かおしてるよ？」

なんのことだ？

「泣かないですよ、ギイは」

強いから。

「そんなことないよ？　みんな、なくよ？」

「みんな泣いたとしても、ギイは泣かないです」

しかも、ぼくのことなんかで。

「でも――」

「じゃあ、なにか別の心配してて、泣きそうな顔してたんじゃないですか」

例えば佐智さんのこととかで。――って、

「ちがうよ、たくみくん」

だめだ、相当やさぐれてる、ぼく。

「いまも、ろうかで、しんぱいしてるよ？」

ああ、それで、室内にギイの姿がなかったのか。

「ずーっと、ずーっと、ろうかにいるよ？」

『お前が穂乃香さんの部屋から出て来るの、待ってたんだよ』

そういえば、昨夜も廊下でずっとぼくを待っていたんだった。

『託生が、あの道から帰っちゃいそうな気がして、心配だったんだよ』

……いっそ乙骨たちと入れ違いに、帰れば良かったな。

「ねえ、起きて、たくみくん。マリコさん、まってるよ？」

マリコさん。——ああ、そうだ。

そうでした。

でも。

「せっかくたくさんれんしゅうしたのに、ねえ、たくみくん、せっかくれんしゅうしたのに、ねえってば」

また肩をゆすられて、ぼくこそ泣きたい気分だった。

ギイがたまらなく好きだから、だからこんなに、やるせないのだ。

見当外れの嫉妬《しっと》でも、自分じゃもう、どうにもならない。

「あ……」

ちいさく叫んだ雅彦さんが、部屋を飛び出してゆく。

再びドアが開閉した音がして、誰かの顔が、ぼくの顔へと影を落とした。

両手で顔を覆っていたから、それが誰だかわからなかった。

「ひとりで泣くなよ」

温かな手のひらが、ぼくの手に重なった。

「……だって」

「そんなことされたら、オレがたまらないだろ」

柔らかな口唇が、そっとぼくのこめかみに触れる。

やがてギイの手が、ゆっくりと、ぼくの手を顔から外し、

「託生……」

涙でぐしゃぐしゃなぼくへと、羽が触れるより優しく、くちづけた。

「マリコさん、またひとつ伝説を作ったな」

拍手をしながらギイが言う。

「でもおかげですごいもの、聴かせてもらっちゃったよ」

あまりの感動に、この気持ちを的確に表す言葉がうまくみつからない。

ぼくが演奏したサン・サーンスの『序奏とロンドカプリチオーソ』を、

「ステキ、ステキ、ステキ！」

と、手放しで気に入ってくれたマリコさんは、あろうことか、「託生くんので充分に満足したから、佐智と京古野さんのは聴かなくて良いわ」

と、言い放ったのだ。

突然の、聴かなくて良いわ発言。だが、この暴言(?)にひるむことなく、佐智さんは目配せだけで京古野さんへ合図を送り、いきなり弾き出したのは、クライスラーの『プニーニャのスタイルによる前奏曲とアレグロ』であった。

またしても暗譜で伴奏を弾きこなした京古野さん。それもすごいが、ただもうとにかく、佐智さんの演奏がすごかった。俗っぽい言い方をすると、とてつもなく、色っぽかった。

「見ろよ、山田聖矢」

ギイがこっそり、ぼくに言う。

「なに？」

「恋人にあんな艶《あで》やかな演奏を人前でされてみろ、落ち着かないよなー」

「え？　落ち着かない？」

「今ので佐智にやられた奴が、十人はいると、オレは思うね」

「やられたって」

そんな、下品な。

「なんだ託生、お前、なんにも感じなかったのか？」

「だから、すごい演奏だったって、言っただろ？　なにも感じてなくないよ」

「じゃなくて」

ギイは吹き出すと、「ま、いいか。あれは佐智の、山田聖矢へのリベンジだもんな」

「？　どういうこと？」

「昨夜はよくも、放ったらかしにしてくれたな、と」

「え？」

「煽《あお》るだけ煽るような弾き方しやがって」

くくく、と、笑うギイは、「佐智も逞《たくま》しくなったよなあ」

しみじみと続けた。

「全然、わかんないんですけど」

「ま、あれだ、山田聖矢が夜までそわそわし続けてれば、少しは佐智の気も収まるって、そういうことだよ」

「ふうん？」

けど、でも、佐智さんとギイを見送った時の聖矢さんは、ぼくですら気の毒だった。

「目の前に餌を散々ちらつかせて、お預け状態。——わかる？」

「わかんない」

見捨てられたと、苦笑していた。

「つまりな、おそらく今の山田聖矢の状態は、泣いてる託生にキスした時、そのままお前を抱きたかったのに、このサロンコンサートがあるからとぐっと我慢して、平静を装ってここにいるオレと同じ状態ってこと」

「——そうなんだ？」

かわいそうな、聖矢さん。昨夜だってきっと、誰より佐智さんといたかったんだろうに。なのにこのふたりときたら——。

「なんだよ他人事みたいに」

「我慢してるんだ、ギイ？」

いっそ、ずっと我慢してれば？

「してるから、託生、ここでオレに服を脱がされたりしてないんじゃないか」

げ。なんてことを言うんだ、この男は。

「じゃあ山田さんも、ここに佐智さんとふたりきりなら、すぐにでも服を脱がせたい心境だってこと？」

「あの顔は、そうだな」

「えー、どうかな」

「そうだって、絶対だ」

そんなことを確信されても、一円の得にもならない気がする。

もう、まったく、

「どうしてそんなに山田さんを追い詰めるような真似をするかな、佐智さんは」

「どうしてそんなに山田聖矢の味方をするかな、託生くんは」

「――なんだよ？」

「それだけ佐智に愛されてるってことなんだろ、不本意ながら」

ギイが言う。

「あ、そう」

「あんまりあいつの肩ばかり持つと、今度はオレがふてくされるぞ、託生？」

言われて、ぼくは思わずギイを凝視してしまった。

「あ、次、雅彦さんか」

ギイが椅子へ、居住まいを正した。

フルートを手に、雅彦さんがピアノの前に立った。

ぼくも急いで、姿勢を正す。――こうして見ると、雅彦さんて、佐智さんに負けず劣らずの舞台映えするルックスしてるよなあ。

心配そうに客席を見回した雅彦さんは、乙骨寄彦をみつけると、嬉しさのあまり、にっこり笑った。

舞台では、普通そういうプライベートな表情は出さないものだが、雅彦さんがにっこり笑ったとたん、それが一個人へ向けてのものだったにもかかわらず、場が和んだ。

客席がいきなり笑顔に満ちて、それを見た雅彦さんが、また笑顔になった。

フルートを構え、雅彦さんが吹き始める。

雅彦さんには、もしかしたら自覚はないかもしれないが、彼の吹くフルートは、敵すらも味方に変える魔力を持ってる。

　最後の一音が空間へ消えた時、会場に溜め息がこぼれた。

　その後の、熱い拍手。

「雅彦さん、ひとつクリアだ」

　ギイが満面の笑顔で言う。

「うん。逃げ出さなかったね、すごかったね」

「託生、さっきから、すごいしか言ってない」

　からかうギイに、

「だって本当にすごいから、すごいとしか言えないよ」

　相変わらず語彙《ごい》が少なくて、すみません。

　雅彦さんへと猛烈に拍手を贈る乙骨寄彦の姿に、

「難問はまだまだ山積してるが、――ま、いいか」

　ギイが笑った。

　ミヨさんの鍵は捜査のためにしばらく押収されてしまったけれど、九鬼一族はともかくとして、ミヨさんの恋人だった九鬼琢馬は素晴らしい人だとわかったし、

「おそらく、鍵が紛失したことで、阿片《アヘン》の取引が不自由になって、自然消滅したのかもしれな

いしな」

とはギイの推理だが、だから阿片の入った箱がいくつも洞窟に残されていたのかもしれないので、そうなると、九鬼家の悪事を止めたのは啄馬さんとミヨさん、ということになる。

だとしたら、彼とのことは、少しは良い思い出になるだろうか。

啄馬さんの墓標である、一番大きなお地蔵様。いつでも好きな時にお墓参りにいらしてくださいという京古野さんの伝言を携えて、そのあたり、サニーハウスを訪ねた三洲と真行寺とでうまく話をしてくれたはずなので、気掛かりはむしろ、ふたりが無事、仲良く帰路に就けたのか、ということだ。

章三も、家へ帰って行った。

明後日はもう、祠堂の夏休み唯一の登校日である。

登校日を過ぎたら、あっと言う間に夏休みが終わってしまう。

気掛かりなことがたくさんあっても、ぼくたちも、いつまでもここにはいられない。

京古野さんが雅彦さんとの関係をどうするのか、とか、乙骨の姓を外されてしまう雅彦さんがこれからどうするのか、とか、無断で家を抜け出した乙骨寄彦の今後、とか。

ただ——、演奏を終えて晴れやかに笑う雅彦さんと、みつめる乙骨寄彦のしあわせそうな笑顔と、どんな事情を抱えているにしろ、やはり雅彦さんを見守っている京古野さんに、たとえたくさん時間が掛かっても、難問を乗り越えていけそうな予感がした。

「登校日は明後日なんでしょう？　もう一日くらい、泊まっていけばいいのに」

荷物を手に島を出る時に、名残惜しげに穂乃香さんが言ってくれたのだが、その穂乃香さんの薬指から指環が消えていたことに、ぼくもギイも気づいていた。

ぼくの記憶に間違いがなければ、昨夜は確かにしてたのに、

「やっぱり彼女はツワモノだな」

ギイが唸《うな》った。「京古野さんに、とことんつきあう覚悟を決めたのかも」

だとしたら、ぼくも嬉しい。

誰かが誰かを想っている。

知らぬ間に、深く、想っている。

それは、なんてありがたいことなんだろうか。

サロンコンサートが終わり、場がガーデンパーティーに変わる前に、ぼくとギイは、佐智さんや、他の皆にお礼の挨拶をした。

中でもとりわけ、京古野さんへ。

「大変、たいっへん、お世話になりました」

ふたりして頭を下げると、京古野さんはいつもの穏やかな笑顔のまま、

「またいつでも遊びにおいでね」

と、ぼくたちに言ってくれた。そして、「きみたちには、いろいろ感謝しているよ」

と続けた。

「迷惑をかけこそすれ、感謝されるようなことはしていません」

謙遜《けんそん》でなく、恐縮したギイへ、

「おかげで、最期まであの島に住もうという気になれた」

京古野さんは、ふと、雅彦さんへ視線を向け、「どんなに憎もうとしても憎めないことってあるんだね」

と、呟く。

相手が雅彦さんなら、無理はない。

「あ、そうだ」

ギイが、思い出したように言った。「さっき託生とも話したんですけれど、穂乃香さんと結託して乙骨を連れ出したのが問題になって、秘書の陣内さんがクビになるかもしれないんですよ。あの厳しい監視状況下で乙骨を抜け出させたくらいですから、かなり優秀な人なんですけど、それで、ものは相談ですが、京古野さん、情に厚くて非常に優秀なマネージャー、雇う気はないですか？」

ひとけがないと、ほっとする。

井上邸の別荘から東京方面へやや戻って、海沿いではなく少し山へ入ったところに、崎家の持ち物の中では最小サイズという、ロッジ風の別荘があった。

「ここ、物置扱いなんだよ」

とギイは説明したが、とはいえもちろん物置なわけではなく、きちんと清掃もされていて、いつでも快適に使えるように中は整えられていた。

待ち合わせた管理会社の人から鍵を受け取ったギイは、別荘の中を案内してくれもせず、

「もうオレ、とっくに我慢の限界だから」

ぼくをベッドへ押し倒した。

まるで学校にいる時のように、この数日、いつも周囲にたくさんの人がいたから、

「託生……」

こうしてふたりきりだと、すごくほっとする。

ぼくもギイも、どうしてもふたりきりになりたくて、すぐにふたりきりになりたくて、打ち上げを兼ねたガーデンパーティーに出ることもなく、まっすぐ家にも帰らずに、ここに立ち寄

ることにした。

夏の夕方の空はまだ明るくて、こんな時間からこんなことをしていると、後ろめたさにひやりとするが、

「……託生、声」

「ん……？」

「もう、……我慢しなくていいから」

手加減なしのギイの愛撫《あいぶ》に、簡単に、どうにかなってしまう。

ギイ。

「……愛してるよ、託生」

何度となく体を重ねて、やがてぼくたちは波のようなまどろみに落ちてゆく。

未だ謎多き九鬼島に眠れる秘密へ、思いを遠く馳《は》せながら。

ごあいさつ

最終巻、と書くと誤解がありそうですね。タクミくんシリーズの最終巻ではなく、『夏の残像』のシリーズとしてはまとめとなる今回の巻ですが、ここまでおつきあいいただき、ありがとうございました。

加えまして、六年越し(!)の長い夏休みがようやく終わり、いよいよ次巻からは、学校に戻っての二学期バージョンが始まりますが、ページ数としてではない、年月として、ここまでの彼らの夏物語におつきあいいただき、ありがとうございました。

改めまして。こんにちは、ごとうしのぶです。

自分で書くのはかなり憚《はばか》られますけれど、オールスターキャストの夏休み、校外での、学校の中では『まずありえない』エピソードやらシーンやらが満載で、ごとうはかなり楽しく書かせていただきました。

進学希望の高校三年生と言えば、大学受験を控えてかなりグレイな日々を過ごしている印象ですが、彼らは揃って進学組にもかかわらず、相当、楽しそうであります。

とはいえ、みんな真剣に進路について考えている様子ですし、机にかじりついてはいないけれども、それぞれに頑張っているということで、ご容赦いただければと。

振り返れば三年前に『夏の残像』から始まったストーリーが、『隠された庭』『薔薇の下で』と続き、今回は『恋のカケラ』と、いきなりタイトルが可愛らしくなりましたが、内容も、なんだかとっても可愛らしい、ような気がします。

そして、存外、ギイと三洲は良いコンビネーションではないかと、ごとうはひそかに思ったりしているんですが、みなさまの感想はいかがでしょう？

昨年は、タクミくんとしては初めての単行本を出させていただき、その時に周囲からやけに本を出すタイミングが良くて狙ったようだと言われたりしたんですが、どんなに狙ったように見えてもそれがただの偶然だったように、今回も、十五周年としていろいろ企画されたのかと思われそうですが、まったくの偶然でタクミくんが映画になります。あ、なりました、かな。時期的に。

また、この文庫と同時に、おおや和美さんによるタクミくんのコミックス『Ｐｕｒｅ』が刊行されておりまして、切ない真行寺と三洲の恋模様と、それと対照的なギイとタクミのラブラブっぷりがいっぺんにマンガで読めちゃうんですが、今年の年末はその上に、歴代担当の悲願（と、当の担当さんたちに言わしめた）タクミくんのファンブック『15th Premium Album ─フィフティーンスプレミアムアルバム─』が刊行されます。

これがまた、大変ディープな本でして、祠堂学院の見取り図やら寮の見取り図やら、シリーズのトリビアに、復活企画「祠堂の中庭で」ならぬ「祠堂の裏庭で」までもが掲載され、それ以外にも充実した企画ものが満載の、とんでもない一冊となっております。

こんなにいっぺんに掲載しないで小出しにして、何冊かにわけて売ればいいのに、と、ついせこいことを考えてしまいたくなるほどの今回のファンブックですが、担当さん的なキャッチフレーズが『歴代担当の悲願』であるならば、ごとうからのキャッチフレーズは『きみもこれでタクミくんが書ける！』でありましょうか。それくらい充実した資料集なのであります。


ごとうが角川書店からデビューした同じ年の年末に、ルビー文庫が創刊されましたので、ごとうが十五周年を迎えたように、ルビー文庫も十五周年を迎えるのです。なので、おめでたいやらありがたいやら、なんですが、イマドキの十五年はとてつもなく、変動の激しい年月でもあります。そんな中で、こうして今、「ごあいさつ」を書かせていただけている現実は、感謝に堪えません。

どんなに大変でも、小説を作るのはやはりとても楽しい仕事で、書くことそのものも楽しいですが、それを人様に読んでいただけて、時により感想までいただけて、こんなにしあわせな仕事をさせてもらえている自分は、かなり幸運なのかもしれません。

雑誌『The Ruby』VOL.2で書き下ろした短編で、託生くんが大変なことになっていますが、次巻では二学期を迎えた彼らがどうなることやら、の、新たな展開が待っていますし、また、さきほどチラリと触れましたが、映画でのタクミくんワールドも、これがなかなかなのでありますます。ごとうのお気に入りはラストシーンなんですが、魅力的なキャストの方々に恵まれただけでなく、映画製作のスタッフにも恵まれて、あんなに爽《さわ》やかな味わいの一本を作っていただけたのだと思います。これもまた、ありがたいことです。

ということで、ごとうからは、ごとうのできる感謝のカタチといたしまして、文庫とコミックスとファンブックでの連動全員サービスとして、今までにない企画、タクミくん初のパラレルもの(?)を作ることにいたしました。こんな本を作るのは、おそらく、きっと、いや絶対に、一生に一度きりかと思われるので、よろしければ一緒に楽しんでいただけるとウレシイです。

さて、恒例となりました「ごあいさつ」を挟んでここからは、夏から少し時間を戻しまして六月のお話「あの、晴れた青空」の続編にあたる「夕立」と「青空は晴れているか。」と「青空は晴れているか。のその後」の三作をお届けします。

単純に、続編、続編、続編の三本なんですが、作られた動機が異なるもので、色味までもが違っていて、少し戸惑いを感じる方もいらっしゃるかもしれませんので、ご注意くださいね。

最後に、お祭りのように続々と本が刊行されますが、今回は、これだけでは終わりません。二学期バージョンの新刊は、いつもの時期よりかなり早くに刊行される予定なのです。なので、いつもならば、今年一年の感謝をみなさまへまったりとお伝えして「ごあいさつ」をしめるところなんですが、なんだか例年にない雰囲気の「ごあいさつ」でございます。

自分の首を絞めるようで、あまりはっきり書きたくないんですが(笑)、春にはお目にかかれるかも、です。

うわ、こわい。

無事に春に出ていたら、ぜひ、ごとうを誉めてやってください。

ですので、みなさま、おおやさん、担当さん、引き続き、おつきあい、よろしくお願いいたします!

ごとうしのぶ

Shinobu Gotoh Official HP ● http://www2.gol.com/users/bee/
web KADOKAWA ● http://www.kadokawa.co.jp/

夕立

さあ帰ろう、と、ぼくたちが立ち上がった時だった。

それまで雲ひとつない快晴の空だったのにもかかわらず、いきなり頭上から、痛いような大粒の雨が一気に落ちてきた。

「うわっ、いてて」

さすがのギイも短く悲鳴を上げ、「託生!」

素早くぼくの手を引くと、近くの大木の葉陰へ駆け込む。

天然の庇《ひさし》に、ばらばらと雨はけたたましく降り注ぎ、

「賑やかだな」

頭や服に落ちた水滴などちっとも気にせず、ギイが笑った。

濡《ぬ》れることにまるきり抵抗のない、どころか、ずぶ濡れを楽しむ傾向すらあるギイは、愉しそうに雨を眺めているが(こうゆうところがアメリカ人だよなあ)、典型的日本人であるとこ

ろのぼくは、ギイとは対照的に濡れるのは遠慮したい組なので、

「まあね」

懸命にあちこちの水滴を払いながら、曖昧に頷いた。

何本ものローカル列車を乗り継いで兄の墓に到着したのは夕方頃。つまりこれは、夏には少し早いが、夕立か。

だが、愉しそうにしていたギイが、ふと眉を曇らせ、

「せっかくの花なのにな」

視線を白い墓標、その前に手向けられたふたつの花束へ移した。

さすがにこの時間では、両親はとっくに墓参りを終えて帰路についていたようで、駅からここまでの道中で、すれ違うこともなかった。

真っ白な兄の墓の前に供えられた、両親からの鮮やかなオレンジ色のガーベラの花束と、ぼくたちからの(駅前の花屋でギイが選んだ)白いカサブランカの花束が、激しい雨に打たれている。

「花も、雨が苦手なのにな」

呟くギイに、その腕に、ぼくは腕を絡めた。——あたたかいな、この人は。

雨が苦手なぼくを素早く天然の庇の下に避難させたギイは、同じように、あの花たちも避難

させたいのであろう。

「でも、今出て行くと、痛いよ、ギイ?」

まるで雹《ひょう》か霰《あられ》のような雨なのだ。

ずぶ濡れになるだけでなく、ケガもしそうだ（いや、しないと思うけど）。

引き止めるようにギイへ絡めた腕に力を込めたぼくへ、ちいさく笑うと、

「行かないって」

ギイは言って、また空を見上げた。

兄の墓に到着して、あれこれあって出発時間が遅かったので一応予想はしていたものの、やはり両親には会えそうにないとわかった時のギイのがっかりっぷりはたいそうなもので、ぼくは少し、驚いた。そして、すごく嬉しくなった。


愛してるって、どういう意味かわかってるのか。


去年の今頃、何度となく突きつけられたギイの言葉。

彼の覚悟の深さが悟れずに臆してばかりのぼくへ、ギイは証明し続けてくれた。――愛されることが、どういうことなのか。

彼と過ごしたこの一年。

懐かしい記憶。

大切な、記憶だ。

「まるで足止めされてるようだな」

空を見上げたまま、ギイがポツリと言った。

「……え？」

ギイは冗談めかして、

「よっぽど託生を帰したくないんだなあ」

ぼくへ、ふわりと笑いかける。

きっとオレ、お前の兄貴に、めちゃくちゃ嫉妬されてるぞ。

「そんなこと――」

言いかけた口唇を、柔らかく塞《ふさ》がれた。

何度となく、甘くキスを重ねて、やがて、

「あってもなくても、誰にもお前を譲る気はないから」

真面目な表情で、ギイが囁く。

「ギイ……」

「それが兄貴でも、生きていても、死んでても」

「——ギイ……」

再び口唇を重ねようとした時、カーテンが開くように、さあっと雨が上がった。

みごとなまでの幕開けに、瞬く間に、抜けるような快晴が頭上へ戻る。

「なんだ、もう終わりか」

残念そうにギイは笑い、「文字どおりの通り雨だったな」

名残惜しげに、金平糖《こんぺいとう》のようなちいさなキスをぼくに降るように弾ませて、そしてぼくに手を差し出す。

「帰ろう、託生」

差し出されたギイの手へ、

「うん」

ぼくはしっかりと手を重ねた。

花の無事(?)を確認してから、手を繋いだまま、ぼくたちは病院への雨でぬかるんだ坂道を滑らないよう気をつけて、下りてゆく。

ふと、

「来年もまた来よう」

前を向いたまま、ギイが言った。

「え？」

――ギイ？

「来年も、その次の年も、また一緒に来よう」

「でも……」

ギイ、進学先、日本の大学じゃないんだよね？

ぼくの疑問を承知のギイは、低く声を改めると、

「世界のどこにいても、オレは来るから」

繋いだ手に、力を込める。「だから、その時、託生が両親と一緒にここに来られるようになっていたとしても、それでもオレと来よう、託生」

「ギイ」

「来年も、再来年も、それから先も、ずっと、毎年オレはお前とここに来る」

そしてまた、あの木の下でキスしよう？

からかうようにふわりと笑ったギイに、ぼくも笑った。

「うん」

それが無理でも、無理でなくても。

病院から小高い丘へと続く坂道。行きにはなかったふたつの足跡が、ぼくとギイの足跡が、雨上がりの土に残ってゆく。

青空は晴れているか。

会いたくて会いたくて会いたくて、毎日どころか一日に何度でも会いたくて、真行寺兼満はいつだって学校中を走り回る。

大好きな三洲新の姿を求めて。

しかも今日は、三洲と崎義一との、末代(!?)までの語り種になりそうな名勝負が展開された日でもあるのだ。

あんなにスゴイ(すさまじい?)勝負をしておいて、その次の対戦であっさり負けた三洲の思惑は真行寺にはわからないのだが、——本当に負けたのならいざ知らず、どうもそんな雰囲気ではないので、だがもしわざと負けたのだとしたら、余計に真意はナゾであった。

それにしても、崎義一に勝負を仕掛けた時の三洲の真剣な表情たるや、綺麗《きれい》、以外のなにものでもなかった!

それは真行寺の惚れた欲目かもしれないが、あながち、それだけでもない、であろう。

みんな見惚れた。勝敗を分けた決めの一手を打ちつけて、さあどうだ、と、崎義一をまっすぐに見据えた時の、三洲の表情に。

ドキドキした。

ここに他に誰もいなかったら、きっと、どんなに抵抗されても、真行寺は三洲をぎゅぎゅぎゅっと抱きしめていただろう。

「みーつけたっ!」

消灯まで数時間と迫った、どっぷり日没後の校舎付近は当然人影もなく、防犯上の理由で一晩中電気が灯されている校舎脇の学生ホールにも、人影はなかった。——真行寺の捜し人以外には。

ドアを開け放つ勢いで、入り口に背中を見せ窓際の安っぽいソファに座っている三洲へ、後ろから抱きついた。

毎回必ず喜び勇んで走り寄る真行寺は、ウルサイ静かにしろウザッタイ!　との、冷ややかな突っ込み、あーんど、手痛く振り払われるのが常なのだが、今日の三洲は、ちょっと違っていた。——いや、大いに、違っていた。

がしっと背後から抱きついた真行寺に無反応で、やけに神妙な表情《かお》をして、まじまじと膝の上に置かれた両手の中を見つめている。

「……アラタさん？」

振り払われないのはウレシイとして、いつまでたってもノーリアクションなことに、却《かえ》って不安になったりして。

なにを持っているんだろう。

三洲の薄い肩越しに顔を出し、

「なんすか、それ？」

興味を引かれて手元を覗き込むと、「――御守り!?」

アラタさんが、御守り？

――なんでそんな殊勝なものを？

「なんか、似合わないっす、アラタさん……」

聞こえないようこっそりこっそり明後日の方角を向いて呟いたのだが、さすが耳聡《みみざと》い三洲、

「似合う似合わないの問題じゃない」

いつもの冷ややかな眼差しで、真行寺をチラリと横目で一瞥《いちべつ》すると、「土産だよ、崎の」

吐き捨てるように続けた。

「ギイ先輩の⁉」

えっ？　なんで、どうして、ここでギイ先輩の名が？

しかも、土産？

伝説の対戦相手から、どうして、土産？

「でっ、でも、ギイ先輩、今日の新入生歓迎会のオセロ大会、出てたじゃないっすか！」

「一回戦で惨敗だけどな」

三洲が更に冷ややかに言う。

「知ってます、ちゃんと見てました！　じゃ、あの後どこかに出掛けてたってことっすか、ギイ先輩」

いや、対戦を終えて昼頃に外出したとしても、今日は休日なので、それ自体、別に驚くようなことではないが、真行寺にとって、唯一にして最大の問題点は、ただひとつ！

……なんでギイ先輩がアラタさんにお土産を⁉

である。

も、もしかして、

「いつの間に、俺のライバルにっ⁉」

オドオド動揺しまくりの真行寺に比して、どこまでも冷静な三洲は、

「ふーざーけーるーな」

軽く真行寺の頭を小突いた。

「だ、だって、わざわざ土産をアラタさんに、なんてっ、オカシイじゃないっすか！」

犬猿の仲のふりをして、実はデキてる、とか？

ふうう、考えただけで気を失いそうだ。

等々と動揺しまくりまくりの真行寺へ、

「耳元で騒ぐな、ウルサイだろ」

と、いつもの三洲なら一刀両断で切り捨てるのだが、なぜか今夜は突っ込みがない。

――あれ？

外されてなるものか、と、必死の決意で三洲の胸へしっかりと回された真行寺の両腕も、いつものように邪険に振り払われることもなく、むしろ三洲は、肩越しに真行寺へと手を伸ばすと、動揺しまくる真行寺の髪をくしゃくしゃっと撫でた。

それだけのことなのに、ふっと気持ちが軽くなる。

大好き。の、気持ちを込めて、改めて、三洲を抱きしめる腕へ力を込めると、

「およっ？」

御守りの表の縫い取りに、真行寺は目を見開いた。「そこに書いてある、中神社？　って、

中？　なんすか、中？」

「中と書いて、あたると読むんだよ」

「中神社《あたる》すか？　ひゃーっ、なんか、ギャンブルとかに御利益ありそうな神社っすねえ」

「御利益ねえ……」

呆れたように繰り返した三洲は、「――ったく、百歩譲って好意で渡されたと思いたいものだがな、ギャンブルどころか」

ひとつ大きく息を吸い、「ここは有名な子宝神社だ」

「へ？」

真行寺がキョトンと、三洲を見る。「子宝神社？」

「そうだよ」

まったく、なんて紛らわしいんだ、あの男は！

外国人ならもう少し外国人らしくしていればいいものを、日本人以上に日本に馴染んでいるかと思えば、こんなものをよこして。三洲が外部受験組なのを気遣って、ギャンブルではないが、受験に当たるといいな、との、おそらく配慮でのことだろうが、ならば素直に合格祈願の御守りを買ってくればいいだろう！

常々、やることなすことカンに障る男であるが、恩を仇《あだ》で返すようなことは絶対にしない男であることくらいは、理解している。

理解はしているがっ、まったくもって腹立たしい！

「……葉山がついていながらなんてことだ」

どっぷり妄想モードに突入し、三洲の呟きなど、もう耳に入っていない真行寺は、

「ってことは、安産の御守り……？」

マジっすかあ？

瞳をキラリンと輝かせる。

ってことは、ってことはっ！

「――うひょっ、ギイ先輩、ありがとうございまっす！」

そうか、そういう意味なのか！

なんて気の利く先輩なのだ！

「アラタさん、俺、がんばるっす！」

なんと都合の良いことに、三洲が座っているのはソファである。「それでは早速！」

だが人間、調子に乗り過ぎると、たいてい、ロクなことにはならないもので。

「たわけっ！」

その場に押し倒そうとした真行寺は、ついに三洲の逆鱗《げきりん》に触れ、

「あ～れ～！」

山の彼方に蹴飛《けと》ばされてしまったのでありました。

青空は晴れているか。のその後

「て、ことなんすよ、葉山サン」

真行寺の密告に、ぼくは正直、青くなった。

三洲が出払っている270号室、ひとりで部屋にいたぼくの許《もと》へこっそり訪れた真行寺に、

「あの御守りって、そういう意味だったんだ……」

ぼくは愕然《がくぜん》と、呟いた。

あたる、が、まさか、妊娠のことだとは思いも寄らなかった。てっきり、運気アップの御守りなのかと、思っていた。

「もうアラタさんてば、眉間《みけん》に日本海溝くらい深い皺《しわ》寄せて、不穏な空気プンップン」

「……失敗したなあ」

これならば、いっそ土産など買わない方が良かったのか？

「あれって、ギイ先輩が選んだんすか？」

「あ……、や、急いでたからよくわかってなくて」

生徒会の仕事も勉強も、なにひとつ手を抜くことをしない三洲に、せめてものエールを送りたくて『御守り』を提案したのは、しかも、ぼく。

門限までにさほどの猶予《ゆうよ》もなかったので、帰る途中でみかけた神社で、よく確かめもせず、ぱっと買ったのが間違いの元？

「ははーん、共犯なんすね、葉山サン」

「……はい」

どうしよう、弱ったな。「こういう時、どうフォローすればいいのかな、真行寺くん？」

「えっ⁉ それを俺に訊くっすか⁉」

「だって他にいないじゃないか」

真行寺より三洲を理解している、もしくは、三洲に精通している人間なんて、祠堂にはきっと、ひとりもいない。

「や、や、無理っす。俺、ついさっき、アラタさんに山まで蹴《け》り飛ばされたばかりっすから」

「そこをなんとか！」

両手を合わせて拝んだぼくに、真行寺こそ、眉間にむむと皺を寄せ、

「いっそ、知らんぷりってのが、一番無難かも、……っすか？」

「でもぼくは、きみから訊いちゃったじゃないか」

三洲の前で知らぬふり、なんて、果たしてぼくにできるのだろうか⁉

「だから、ギイ先輩。そうだよ葉山サン、ギイ先輩には絶対ナイショ！　そのうち時間がアラタさんの怒りをどこかへ運んでくれるっすよ、そしたら無事、解決っす！」

力説してくれる真行寺には悪いのだが、あのギイに勝るとも劣らない記憶力の良い三洲に限って、簡単に忘れてくれるなんてことはありえないと思うのだが、

「わかった。そうする」

ここは真行寺の提案に、素直に乗ろう。

ギイは純粋に、三洲の大学合格を祈ってあの御守りを買ったのだから、ここはひとつ、ぼくが口を噤《つぐ》んでいよう！

はあ。どきどき。

知らぬふり。知らぬふり。と。

「葉山サン、健闘を祈るっす」

「ありがとう真行寺くん。きみも、早く三洲くんに許してもらえるといいね」

言うと、とたんに涙目になった真行寺は、

「はい、頑張りまっす！」

拳《こぶし》をちいさくグッと握った。

それにしても、

「いつかギイと三洲くんが、和解し合える日が来るといいなあ……」

ぼくの呟きに、

「せめて、その日より先に、俺とアラタさんが和解したいっす……」

真行寺が遠い眼差しになる。

恋愛とは、いろいろ、いろいろ、大変なのだ。

——いやはや。

ごとうしのぶ作品リスト

《タクミくんシリーズ》

	作品名	収録文庫・単行本名	初出年月
〈1年生〉 10月	天国へ行こう	カリフラワードリーム	1991.08
12月	イヴの贈り物	オープニングは華やかに	1993.12
2月	暁を待つまで	暁を待つまで	2006.08
〈2年生〉 4月	そして春風にささやいて	そして春風にささやいて	1985.07
〃	てのひらの雪	カリフラワードリーム	1989.12
〃	FINAL	Sincerely…	1993.05
5月	若きギイくんへの悩み	そして春風にささやいて	1985.12
〃	それらすべて愛しき日々	そして春風にささやいて	1987.12
〃	決心	オープニングは華やかに	1993.05
〃	セカンド・ポジション	オープニングは華やかに	1994.05
〃	満月	隠された庭—夏の残像・2—	2004.12
6月	June Pride	そして春風にささやいて	1986.09
〃	BROWN	そして春風にささやいて	1989.12
7月	裸足のワルツ	カリフラワードリーム	1987.08
〃	右腕	カリフラワードリーム	1989.12
〃	七月七日のミラクル	緑のゆびさき	1994.07
8月	CANON	CANON	1989.03
〃	夏の序章	CANON	1991.12
〃	FAREWELL	FAREWELL	1991.12
〃	Come On A My House	緑のゆびさき	1994.12
9月	カリフラワードリーム	カリフラワードリーム	1990.04
〃	告白	虹色の硝子	1988.12

〃	夏の宿題	オープニングは華やかに	1994.01
〃	夢の後先	美貌のディテイル	1996.11
〃	夢の途中	夏の残像	2001.09
〃	Steady	彼と月との距離	2000.03
10月	嘘つきな口元	緑のゆびさき	1996.08
〃	季節はずれのカイダン	（非掲載）	1984.10
〃	〃（オリジナル改訂版）	FAREWELL	1988.05
11月	虹色の硝子	虹色の硝子	1988.05
〃	恋文	恋文	1991.02
12月	One Night,One Knight.	恋文	1987.10
〃	ギイがサンタになる夜は	恋文	1987.07
〃	Silent Night	虹色の硝子	1989.08
1月	オープニングは華やかに	オープニングは華やかに	1984.04
〃	Sincerely…	Sincerely…	1995.01
〃	My Dear…	緑のゆびさき	1996.12
2月	バレンタイン ラプソディ	バレンタイン ラプソディ	1990.04
〃	バレンタイン ルーレット	バレンタイン ラプソディ	1995.08
〃	After “Come On A My House”	ルビー文庫&CL-DX連動全員サービス小冊子	2005.05
〃	まい･ふぁにぃ･ばれんたいん	暁を待つまで	2006.08
3月	弥生　三月　春の宵	バレンタイン ラプソディ	1993.12
〃	約束の海の下で	バレンタイン ラプソディ	1993.09
〃	まどろみのKiss	美貌のディテイル	1997.08
番外編	凶作	FAREWELL	1987.10
《3年生》 4月	美貌のディテイル	美貌のディテイル	1997.07
〃	jealousy	美貌のディテイル	1997.09
〃	after jealousy	緑のゆびさき	1999.01
〃	緑のゆびさき	緑のゆびさき	1999.01
〃	花散る夜にきみを想えば	花散る夜にきみを想えば	2000.01
〃	ストレス	彼と月との距離	2000.03

〃	告白のルール	彼と月との距離	2001.01
〃	恋するリンリン	彼と月との距離	2001.01
〃	彼と月との距離	彼と月との距離	2001.01
5月	恋する速度	——	2006.08
〃	奈良先輩たちの、その後	——	2004.08
〃	ROSA	Pure	2001.05
〃	薔薇の名前	——	2006.08
6月	あの、晴れた青空	花散る夜にきみを想えば	1997.11
〃	夕立	恋のカケラ—夏の残像・4—	2003.12
〃	青空は晴れているか。	恋のカケラ—夏の残像・4—	2003.12
〃	青空は晴れているか。の その後	恋のカケラ—夏の残像・4—	2004.08
7月	Pure	Pure	2001.12
8月	デートのセオリー	フェアリーテイル	2002.12
〃	フェアリーテイル	フェアリーテイル	2002.12
〃	夢路より	フェアリーテイル	2002.12
〃	ひまわり—向日葵—	夏の残像	2004.05
〃	花梨	夏の残像	2004.05
〃	白い道	夏の残像	2004.05
〃	潮騒	夏の残像	2003.08
〃	隠された庭	隠された庭—夏の残像・2—	2004.12
〃	真夏の麗人	薔薇の下で—夏の残像・3—	2005.08
〃	薔薇の下で	薔薇の下で—夏の残像・3—	2006.12
〃	恋のカケラ	恋のカケラ—夏の残像・4—	2007.12
9月	葉山くんに質問	——	2006.10
〃	プロローグ	——	2007.06
〃	プロローグ2	——	2007.08

《その他の作品》

作品名	収録文庫・単行本名	初出年月
通り過ぎた季節	通り過ぎた季節	1987.08
予感	ロレックスに口づけを	1989.12
ロレックスに口づけを	ロレックスに口づけを	1990.08
天性のジゴロ	——	1993.10
愛しさの構図	通り過ぎた季節	1994.12
LOVE ME	——	1995.05
緋の双眼	——	1995.09
エリカの咲く庭	——	1996.09
RED	Sweet Memories	1984
結婚葬送行進曲	Bitter Memories	1984
ホームズホーム	Bitter Memories	1984
真昼の夜の夢	Bitter Memories	1985
さり気なく みすてりぃ	Bitter Memories	1986
千夜一夜ものがたり	Sweet Memories	1987
とつぜんロマンス	Bitter Memories	1991
秋景色	Bitter Memories	1992
トキメキの秒読み	Sweet Memories	1992
天使をエスケイプ	Sweet Memories	1992
わからずやの恋人	わからずやの恋人	1992.03
ささやかな欲望	ささやかな欲望	1994.12
TAKE A CHANCE	Sweet Memories	1994
FREEZE FRAME ～眼差しの行方～	Sweet Memories	1995
Primo	ささやかな欲望	1995.08
Mon Chéri	ささやかな欲望	1997.08
Ma Chérie	ささやかな欲望	1997.08
椿と茅人の、その後	——	2004.08

たまごたち	Sweet Memories	1997
恋する夏の日	——	2000.08
蜜月	Bitter Memories	2000.08
ぐれちゃうかもよ?	ぐれちゃわないでね?	2003.08
ぐれちゃわないでね?	ぐれちゃわないでね?	2003.12
恋の胸騒ぎ	ぐれちゃわないでね?	2003.12
ぐれちゃいそうだよ?	——	2003.12

〈初出誌〉

恋のカケラ
書き下ろし

夕立
ごとうしのぶ個人誌
2003冬便り（'03年12月）

青空は晴れているか。
ごとうしのぶ個人誌
2003冬便り（'03年12月）

青空は晴れているか。のその後
ごとうしのぶ個人誌
2004夏便り（'04年8月）

タクミくんシリーズ
恋《こい》のカケラ—夏《なつ》の残像《シーン》・4—
ごとうしのぶ

角川ルビー文庫 R10-20 14944

平成19年12月1日 初版発行

発行者———井上伸一郎
発行所———株式会社角川書店
東京都千代田区富士見2-13-3
電話/編集(03)3238-8697
〒102-8078
発売元———株式会社角川グループパブリッシング
東京都千代田区富士見2-13-3
電話/営業(03)3238-8521
〒102-8177
http://www.kadokawa.co.jp
印刷所———暁印刷 製本所———BBC
装幀者———鈴木洋介

ISBN978-4-04-433624-0 C0193 定価はカバーに明記してあります。

KADOKAWA RUBY BUNKO

角川ルビー文庫

いつも「ルビー文庫」を
ご愛読いただきありがとうございます。
今回の作品はいかがでしたか?
ぜひ、ご感想をお寄せください。

〈ファンレターのあて先〉

〒102-8078 東京都千代田区富士見2-13-3
角川書店 ルビー文庫編集部気付
「ごとうしのぶ先生」係

あすかコミックスCL-DX最新刊
原作／ごとうしのぶ
漫画／おおや和美
タクミくんシリーズ
Pure《ピュア》
あなたのことが大好きです——。
この気持ちが、僕を強くする。
3年生になった託生とギイ、一級下の真行寺兼満と生徒会長の三洲新。
2つのカップルが織りなす鮮やかな恋模様——。
角川書店

タクミくんシリーズ

ごとうしのぶ　イラスト・漫画／おおや和美

ルビー文庫

そして春風にささやいて
カリフラワードリーム
CANON －カノン－
FAREWELL －フェアウェル－
虹色の硝子《ガラス》
恋文
通り過ぎた季節《なつ》
オープニングは華やかに
Sincerely… －シンシアリー－
バレンタイン ラプソディ
美貌のディテイル
緑のゆびさき
花散る夜にきみを想えば
彼と月との距離
Pure －ピュアー
フェアリーテイル　おとぎ話
夏の残像《シーン》
隠された庭 －夏の残像《シーン》・2－
薔薇の下で －夏の残像《シーン》・3－
恋のカケラ －夏の残像《シーン》・4－

単行本

暁を待つまで

あすかコミックスCL-DX

June Pride 6月の自尊心
裸足のワルツ
季節はずれのカイダン
美貌のディテイル
jealousy
花散る夜にきみを想えば
Pure －ピュアー

イラスト集

Anniversary アニバーサリー

ファンブック

15th Premium Album
－フィフティーンス プレミアムアルバム－